文春文庫

美しい距離

山崎ナオコーラ

文藝春秋

目次

美しい距離

動きは面白い。動きに焦点を合わせると、「ある」という感じがぼんやりしてくる。猫も電車も、輪郭がぼやける。存在しているというより、動いているという風に思えてくる。境目が周囲に溶けて、動きだけが浮かび上がる。

高架橋の上にあるカフェで、透明なグラスに入った緑色のジュースを黒いストローで吸い上げ、マスタードの利いたホットドッグを嚙（か）み切る。駅の改札から溢れ出てくる人々を見下ろす。動きに集中すると、容姿がぼんやりする。顔や姿の造作が霞（かす）み、行動によって発散される熱だけが際立っていく。

特別快速が到着したのだろう。動きが活発になる。人々が動きの線を引いていく。改札から、待ち合わせ場所へ。あるいは、会社や家へ。

三毛猫は、ぴょんと塀の上へ。

もんしろ蝶は、空中をふらふらと。

桜の花びらは、地面に向かってちらちらと。

動くものたちが、たくさんの線を引いていく。

もやもやと線が絡(から)まっていくのを、ぼんやりと眺める。

視線でそれら動きの線をなぞっているだけで、何時間でも過ごせそうな気がしてくる。

しかし、時計を見ると、針も動いているのだった。時間というものを感じる。時刻表の時間にバスは来る。それで、ジュースを一気に飲み干し、ホットドッグを口に詰め込み、返却棚へ食器を返して、カフェをあとにした。

ぴょんぴょんと軽く跳ね、ネクタイを揺らしながら階段を降りる。四十過ぎの男が階段の上で飛び跳ねているのは他人から見たらおかしな光景に違いない。しかし、四月の暖かな陽気のせいだろうか、やけに手足を動かしたい。この頃は周囲にどう見られようが、気にならなくなってきた。おじさんが跳ねて何が悪い。不必要な動きを絡ませながら、バス停を目指して移動していく。

ターミナルにある三番乗り場から「新田病院行き」のバスに乗り込む。「バスターミナル」「ターミナルケア」という語を口中で転がす。こういう場所の名前と、病気の終末期を表す言葉が同じというのが、意味を考えれば腑(ふ)に落ちるとはいえ、イメージが全然違うので面白く感じられ、口の端がちょっと上がる。

バスに揺られながら、街並みを眺める。桜の木が並ぶ大通りを抜け、神社の脇を通り、中学校の前を過ぎる。

終点に着く直前に、菜の花畑が左手に見える。これは見物だ。二週間ほど前は、黄色いものが点々とあるな、という程度だったのだが、日に日に黄色い点の割合が増え、ちらし寿司の上の錦糸玉子のようになり、今では一色の絨毯(じゅうたん)のようだ。

そういえば、初めて会ったときの妻は菜の花模様のワンピースを着ていた。

紺地に黄色い花がプリントされた服だ。すとんとした細身の形で、スカートはたいして揺れなかった。

妻は、会社の上司の子どもだった。

今は仕事上の接点はなくなったのだが、当時は、妻の親は直属の上司で、支社長だった。

支社は仲間意識が強く、馴染み難かった。そもそも生命保険会社の営業職には体育会系のノリがあって、高校では童話民話研究部というマイナーな部活動を選び、大学ではフランス文学を専攻した身にはつらかった。

大学時代の終わりに、就職活動で銀行や証券会社、そして保険会社をまわったのは、金の移動に興味を持ったからだった。会話と同じように、金の動きは人と人を繋ぐ。金は数字でできているが、人文系が必要とされない分野とは思えない。金もコミュニケーションツールだ。人と絶妙な距離を取って金を語り、相手にとっての完璧なタイミングで金を動かすことが、金融機関で求められるに違いない。

商品の開発は理数系出身の方が向いているかもしれない。資産の運用は経済学を学んだ人の方が的確に行えるだろう。しかし、人間関係や社会の成り立ちについては、人文系の学問に造詣がある者の方がわかるのではないか。実際、同じ支社に配属された同期たちは人文系学部を出た者が多かった。

ただ、営業はコミュニケーションに強いだけでなく、メンタルも強靭でなくてはこなせない。新入社員のときは初々しくて声の小さかった仲間たちが、あっという間に社風に染まって、はきはきと喋るようになり、笑顔を作るのが上手くなっていった。ひとりだけついていけず、置いていかれた。営業成績が毎日発表される中、常に最下位をキープした。

五年目にして辞めたくなってきた。三十前ならまったく別の職種にでも移れるのではないか。求人情報誌をめくって今後の身の振り方を考え始めたとき、赴任してきたのがその支社長だった。ラグビーをやっていたという大きな体と日焼けした顔を持っていて、だが、見た目に反し、他の上司や同僚たちのような「仲間との絆を大事に」や「競争することで成長しよう」といった風を吹かせなかった。肩を叩いたり、小突いたりして相手の元気を出させようとする他の社員とは違って、決して相手に触らない。呼び捨てが多い中、部下を苗字に

「さん」付けして呼ぶ。飲み会ではしゃぐことを強要しない。成績が伸び悩むと、叱咤激励ではなくて冷静な問いを投げてくれた。

「人によっては、競争というものはつまんなく感じられるでしょうねえ。うーん、じゃあ、他の人と比べてっていうんじゃなくって、自分にとっての喜びってのがあるんじゃないですか？」

そんなことを、昼休みの終わりに自動販売機で缶コーヒーを買ってくれながら言う。

「……先日、事故に遭われたお客様から、『ありがとう』と言われました。でも、それで喜んでいいんでしょうか？」

少し考えてから答えた。

「悲しい事で感謝されるのは確かに変ですよね。世の中には、幸せに立ち会う仕事もあれば、不幸に立ち会う仕事もありますね」

淡々とした言葉を聞きながら缶コーヒーを飲み干し、昼休みの時間が終わったので外回りに出て、電車の中でひとり考え続けた。

仕事というものを、誰かを幸せにする行為だと思い込んでいた。他の誰かを幸福にする代わりに自分が社会で生きていくことを許されるのだ、と。だが、違うかもしれない。幸福だの不幸だのというのは当人の感覚で判断するもので、他人がジャッジできるものではない。「ありがとう」だの「幸福」だのの内情をこちらが勝手に推察し、本当の「ありがとう」、本当の「幸福」だけを求め、社会に役立つ自分に酔おうとしたばかばかしさに思い当たった。

競争がばかげているというのは入社時から思っていた。目に見える利益を上げなくても雰囲気を作って会社の役に立つ社員もいるではないか。

しかし、他人の「ありがとう」だの「幸福」だのを求めるのもばかだった。他人に頓着せず、自分の心にのみ興味を持ってもいいのかもしれない。だんだんと仕事を続けられるような気がしてきた。なんとなくファイナンシャル・プランナーの資格を取得したところ、資格に意識を向ける楽しさを見つけた。その次は、とくに社内評価には繋がらないようだったが、社会保険労務士の勉強を始めた。

ある日曜日、街へ出て、カフェで参考書を開いてひとしきり勉強をしたあと、昼食のために牛丼屋へ移動して、牛丼の並とポテトサラダを掻き込んだ。会計を済ませ、自動ドアを開けて表に出ると、支社長とその家族にばったり会った。

会社の外、それも休日に、社内の人間と出くわすのは気まずいものだ。もしも距離に余裕があれば、そっと引き返したり、さっと隠れたりして、相手に気づかれるのを回避するところだ。しかし、そのときは自動ドアが開いたら目の前に支社長と、その妻と、その子どもと思われる三人がいたので、暇がなかった。

「お、奇遇ですね」

にやりと笑う。くたびれた白いポロシャツにチノパンという、いかにも「休日のお父さん」という緩いスタイルで、まずいところを見てしまったのでは、とどぎまぎした。

「……こんにちは。お買い物ですか?」

まごつきながら尋ねると、

「今日は家族でそこのデパートに、な」

横を向いて、再びにやりとする。

「デパートに、服を買いに行くところなんですよ。いつもは私と娘で行くんですけど、この人がめずらしくついてきたんですよ」

にっこりと微笑む。仕立ての良いグレーのジャケットにモスグリーンのロングスカートという服装だった。

「こんにちは。父がいつもお世話になっています」

その隣りで、ぺこりと頭を下げる。菜の花模様のワンピースから、まっすぐな足が伸びていた。

「こ、こちらこそ、いや、こちらの方が、大変お世話になっております」

慌てて、深く頭を垂れた。

そのときは、それだけだった。

だが、ひと月後から、急速に発展した。

牛丼屋から出たときの立ち姿が良かったのか、顔が好みだったのか。なんらかの理由で支社長の子どもは自分を見初めてくれたらしい。一ヶ月ほど経った日の終業後に、支社長から自宅に招かれ、夕食をごちそうになった。食後に連絡先を交換し、それからは自然とデートを重ねた。翌年には結婚した。誕生日が半年離れているだけの同い年なので、一緒に年齢を重ねてきた。子どもには恵まれなかったが、楽しく十五年間を送ってきたと思う。

五年で辞めるかと思った会社に、結局はそのまま、二十年以上勤め続けている。資格をいろいろと取得し、自分なりの面白さを見出した。法人向け商品の営業の部署に異動になって五年ほど過ごしたあと、今は営業教育部に所属して、部下の育成に努めている。

異動のあと、元上司と話す機会は減った。定年後に嘱託社員になって今では第一線を離れたこともあり、お盆や正月に妻の実家にいった際、仕事の話は一切せず、とりとめのない会話を交わす間柄になった。元上司の妻は、よくこちらへ遊びに来るのでしょっちゅう会う。だが、会話はやはり、軽い内容だ。つかず離れずの距離を保っている。妻はよく自分の実家に帰っているようだ。子どもがいないせいか、お互いの実家とのつき合いは、それぞれが行う具合になっている。妻は自分の休みである火曜日を母親と過ごすことが多い。

結婚当初、妻は大手食品会社の事務職に就いていたが、二年後に退職し、ひとりで店を始めた。

病院に到着する。受付を通り過ぎ、三階へ上がって、ナースステーションでバッジをもらう。青くて丸い枠の中に数字が書いてある。バッジは透明なプラスティックケースに山盛りになっていて、好きな番号を選べる。いつも「7番」のバッジを選ぶようにしている。先に誰かに取られてしまっているときは諦(あきら)めるが、そうでなければラッキーセブンにあやかる。非科学的なことを信じるたちではないが、少しでも明るい数字や文字を妻に見せたい気持ちがある。妻だって非科学的なことに左右される人ではないのだが、明るさは求めているはずだから……。名簿に日付と時刻と患者名と訪問者名、そして、「7」という数字を記入し、バッジをジャケットの衿に留める。

ナースステーションの脇にある洗面台へ向かう。蛇口をひねって手に泡を取り腕まで洗い、アルコールで消毒する。これまでずっと、大きな病気も怪我もせずに生きてきたので、病院という場所に不慣れだ。病院では手を洗うのをこんな風に行うということも、二ヶ月前に初めて知った。

名簿を見る限り、この階に見舞い客はまだ誰も来ていない。面会は十三時からで、十三時三分の到着。良かった、一番のりだ。勇んで病室に向かう。そおっと部屋へ入る。四人部屋なので、他の患者さんと目が合ったときには黙礼をする。三人共おばあさんだ。

右奥の、窓際のブースに向かう。

「来たよ」

カーテンから覗いて、片手を挙げる。

「来たか」

笑って片手を挙げる。赤と緑のチェックのパジャマを着て、布団をはねのけて座っている。サイドテーブルの上に大学ノートを広げ、何やら書きものをしていたようだ。右腕に点滴の針が刺さっている。昨日よりもさらにひとまわり小さくなったように感じる。それでも、ひとりだけおばあさんではないので、光っている。あるいは、身近な人なのでこちらの目に光って届くだけなのか。

部屋の入口のところに折り畳まれたパイプ椅子が二脚、立て掛けてある。隣りのおばあさんに軽くお辞儀をしてからそれを持ち上げ、再びブースへ戻り、

ベッドの横でカチャリと開き、

「今日はあったかいよ。菜の花が満開だった」

と座る。椅子の金属部分をつかみながら座ると指先に冷たさが移る。

「うん」

小さく頷(うなず)く。

「窓を、ちょっと開けようか」

立ち上がって、窓を僅(わず)かに開ける。すると、

「空気が柔らかくなった」

手を空中にたゆたわせて、何かしらを感じ始める。

「昼食、なんだった？」

尋ねると、

「ここにメモがある。五分粥と寒天とオレンジジュース。でも、半分くらいしか食べられなかった。何、食べた？」

とメモをひらひらさせる。食事の際はいつも、献立表の紙が皿と一緒にプレートに載せられて運ばれてくるらしい。

「ホットドッグ」

ビジネスバッグを膝に載せ、ファスナーを開ける。

「もっとおいしいもの食べな？　栄養」

毛布の先っちょの直角を、犬の垂れ耳のようにぱたぱたとさせる。

「野菜ジュースは飲んだよ。……夜に、もっとおいしいもの食べる」

何気なく、ビジネスバッグから仕事の資料を取り出し、目を落とした。お見舞いに来ている、というのではなく、ただ会いに来て、自分の用事をしながら普通に日常を過ごしている、と思わせた方がいいような気がしていた。

本当は、やってあげたいことが山積しているので、急かしながら、顔や体や頭を拭いてあげたり、手と足のマッサージをしてあげたり、したい。しかし、できることは自分でやりたいに違いなく、必要以上にやってあげようとすると怒られそうだ。それに、夫婦も十五年もやると、どこまで相手の体に触っていいのかわからなくなる。看病する側ではなく本人のタイミングで物事を進めるのがベターだろうということもあるし、何かを頼まれてから動くようにしていた。

顔をちらりと見ると、目を伏せている。手の動かし方や、匂いなどが、おばあさんじみてきている。この病気に四十代初めでかかるのは稀らしい。この年でおばあさんと同じような動作しかできなくなってきていることを、自身でどんな風に捉えているのだろうか。

「顔を洗おうかな」

というつぶやきが聞こえる。

「そう？」

資料を仕舞い、ロッカーから洗面器を取り出す。

先週までは、ちょっと立ち上がって、人の肩を借りながら病室の入口にある小さな洗面台までゆっくり移動し、自分で顔を洗ったり歯を磨いたりできていたのだが、五日前の急変のあとはしんどくなったようで、顔を洗うのも歯を磨くのもベッドの上でやるようになった。

洗面台でお湯を洗面器に溜め、戻ってきてサイドテーブルの上に置く。横長の白いサイドテーブルを、胸の辺りにゆっくり近づける。

「ありがとう」

サイドテーブルの上に手を載せる。

「タオルをかけるね」

首の周りと、胸の辺りに、二枚タオルをかける。

そこへ、

「変わりない？」

と顔が覗く。金色に近い茶髪、まつげエクステがびっしりと瞼（まぶた）にある若い看護師だ。

「大丈夫です」

と答えている。

「あ、顔を洗ってもらってんのね？　良かったね」

にこにこする。まるで五歳の子に対するような口調だ。二十歳ほど年齢が離れた人からそんな風に接されて嫌ではないのか。それに、「洗ってもらっている」のではない。補助を受けつつも、ちゃんと自分で洗っている。しかし、

「はい」

にっこりして頷いている。子ども扱いは嫌ではないのか。

隣りのベッドへ行って、

「変わりない？」

同じことを尋ねている。

「あ、駄目よ。そこは引っ張っちゃ。がまーん、がまーん」

と何やら注意している。

「テレビカード、買ってきてくんない？」

と頼まれている。ブースには一台ずつテレビが置かれていて、デイルームにある自動販売機で千円のテレビカードを購入すれば、十六時間視聴できる。

「テレビカードはね、看護師は買えないの。ご家族の方がいらしたら、買ってもらってね」

そんなことを言って、次は向かいのベッドに行って同じことを尋ね、どのおばあさんとも同じようにタメロで会話を交わしていく。

病気になると、実年齢を離れるのだろうか。子どものように他人から扱われる。おばあさんのような見た目になる。だが、「この病気に四十代初めでかかるのは稀」と年齢にこだわって病人を見る方が、むしろおかしいのかもしれない。「若いのに、なぜ」「たばこを吸っていないのに、なぜ」と度々頭に浮かんで来るのは、病気に対して因果応報の物語を当てはめようとしているからだろう。予防をしたい人ならともかく、すでに病にかかっている本人やその家族が、原因についてこだわることで見えてくる明るい方向などない。

新しい物語を見つけなくては。

年齢のことは忘れよう。因果応報のことも。

看護師が病室を出ていくまでずっと、ぴちゃぴちゃと水に触って顔にかけていた。洗うというよりも濡(ぬ)らす仕草だ。きちんと洗えていないように見えるので、やってあげたくなる。だが、自分でできることは自分でやりたいはずだ。ぐっと我慢する。ほっそりした腕を視線で手の先まで辿っていくと、爪が大分伸びている。爪も切ってあげたい。それは前から思ってきたことで、実はビジネスバッグの中に、爪切りとビニールテープを、一週間前からひそませている。しかし、「爪を切ってあげようか」のひと言がなかなか難しい。甘い響きが出てしまったら気恥ずかしいし……。

洗い終わった顔を、タオルで拭いている。

「気持ちいいな」

とつぶやく。

「はい、化粧水」

ロッカーから化粧水を取り出し、蓋(ふた)を開けて渡してあげる。ベッドの横に縦に細長い合板のロッカーがある。洗面器やタオルや下着などを仕舞っている。転院するときに着てきたジャケットとワンピースとパンプスも入っているが、それは一ヶ月近く、着たり履いたりされていない。この一ヶ月、パジャマにしか着替えない。最近は、スリッパさえ履く機会がほとんどない。

「ありがとう」

受け取って、てのひらを濡らし、ぴしゃぴしゃと頬を叩いている。

「はい、乳液」

同じようにして渡してあげる。入院するまで、肌の手入れをどんな風にしているかなんて気にしたことがなかった。化粧水と乳液の違いも知らなかった。どうやら、さらっと透明な液体が化粧水、どろりと白濁している液体が乳液らしい。そのあとに、クリームを塗る。三つも重ねる意味はわからない。本人に問うてみたところ、自身でも「そう改めて聞かれると、よくわからない」らしい。しかし、「大人になってからずっとこうしてきたのだから、意味がわからなくても塗り続けたい」と言う。確かに、習慣は意味を越える。一度身につけたものは死ぬまでやり遂げたい、なんとなく毎日続けていくことで「ああ、今日も自分は自分として生きている」という感じを味わえる、そういうものは誰にでもある。たとえばヒゲ剃りだって、今流行の永久脱毛をすれば剃らずにいられるようになるのかもしれないが、すでに生活に組み込んでいるので、剃る時間が無駄だとは感じられない。未来の生活者がやらないだろうことに時間を使うとき、自分を古い人間だと認識はすれども、それほど損をしているようには思わない。ただ、「自分が自分の環境の中で自分として生きている」という感じがするだけだ。

「ありがとう。髪の毛、やろうかな?」

ぬるりぬるりとおでこの上に指を当て、円を描いている。

「じゃあ、梳(と)かすね」

ロッカーから鼈甲(べっこう)色の櫛(くし)を取り出し、肩の上で揺れる髪に差し込む。そおっと梳かす。

髪を梳かすのは、二週間前からやってあげるようになった。入院する前は、腰まであった長い髪を、毎日美しく編み込みにして、シニヨンに結っていた。職業柄、髪の毛が落ちないようにする必要があったから、そんな風にしていたのだと思う。きれいな形にまとめた頭に三角巾を巻いて、サンドウィッチを毎日作っていた。サンドウィッチ屋を始めてからの十三年間、定休日の火曜と日曜を除いて、毎日髪型は変わらなかった。

抗がん剤治療で髪が抜けるかもしれないということを聞き、長い髪よりも短い髪の抜け毛を見る方がショックが少ないだろうということで、三週間ほど前に病院の一階にある床屋でばっさり、肩に付かないくらいの長さに切った。週に一回、点滴で腕に抗がん剤を入れることになったのだ。しかし、食欲が落ち、五日前に意識が混濁してせん妄と呼ばれる状態に陥り、その抗がん剤治療は二回で中止になった。たいして髪は抜けそうにない。切らなくても良かったのかもしれない。

「編み込みができたらいいんだけど」

ぼんやり言う。

「ふふん、やってあげよう」

ベッドの左側に立ち、見よう見まねで頭頂部の髪の毛を指で少しすくう。幼い頃に姉からしこまれたせいで、やり方はなんとなく知っていた。端の髪を内側へ、また別の端の髪を内側へ、髪の毛をさらに足して内側へ、と編み込んでいく。しかし、前に姉にやってあげたのは、何十年も前のことだ。あちらこちら飛び出て、不格好になる。

「本当にできている？　……それに、短いから難しいでしょ？」

「大丈夫。少し伸びてきたみたいだよ」

以前は後ろまで全部編んであったが、今は短くてできないので、少量の髪を顔の横で編み込んで、耳の辺りでピンで留めるだけにした。右側も同じようにすると、ヘアバンドのような形になった。後ろの毛はそのままだ。

「後ろを結ぶと、枕に当たって痛いから、ちょうど良かった」

首に手をやり、にやりと笑う。

「鏡見る？」

頑張って編んだものを見てもらいたくて、入院準備のときに急いで百円ショップで買ってきたラメ入りのどぎついピンク色をした手鏡をロッカーから出して渡す。

「うん……。ありがとう」

手鏡を受け取る。髪の毛よりも、顔を見ているようだ。自分の変化にショックを受けているらしく、笑顔がぎこちない。手鏡など渡さない方が良かっただろうか。

「明日もやってあげるね」

手鏡を取り、櫛と一緒にロッカーに仕舞う。

「トイレへ行こうかな？」

「じゃあ、ナースコール、押したら？」

ベッドの横に、コードに繋がったボタンがぶら下がっている。これを押すと、いつでも看護師が来てくれる。

「じゃあ、いい」

むすっとする。

「どうして？」

「もうちょっと我慢する」

頼むのを遠慮したがる。自分でやるか、身近な人に言うか、我慢するかでなんとか済ませようとする。まあ、気持ちはわかる。だが、プロに頼まずに家族の判断で何かをした結果、あとになって余計にプロの手を煩わせることになってしまった、ということがこれまでに何度も起きた。点滴の管を上手く扱えるか不安だし、細い体に負担をかけずに移動させられるか自信がない。小柄な看護師でも、てこの原理か何かの原理を上手く使い、上手に患者の体を移動させる。現場で毎日働いているプロに家族は及ばない。家族がどこまで看病できるのか、なかなか把握できなかった。

「ちょっと待ってて」

そう言い残し、廊下へ出た。ちょうどマツエクをぱちぱちさせながら通りかかったので、話しかけて事情を伝えると、

「そこの車椅子を使っていいですよ。そこに並んでいるのは病院のものなんで、あとで戻していただければ」

「ありがとうございます。あの……、どうやって開くんでしたっけ？」

「こうです。ここのレバーを押して。それから、ここを留めて。使ったことはありますよね？」

廊下の横にコンパクトに畳まれて並んでいた車椅子をひとつ出しながら、説明してくれた。毎日のようにお見舞いに来て、何度も会話を交わしているので、信用はされているようだ。

「あります。大丈夫です」

車椅子を押して病室に戻る。右奥のブースへ行き、肩を貸して、そろそろと乗せる。変なところを触らないように、管がおかしくならないように、と緊張する。点滴スタンドを前に持っていってやると、銀の棒を握る。そのまま押して、トイレへ向かう。廊下を真っ直ぐに進み、車椅子用のトイレに入り、肩を貸して便座に座らせる。ズボンを脱ぐのはできるのだろうか、どこまで手伝うべきか、と迷っていると、

「いいよ、あとは。外で待ってて」

と言われた。従って、出ていく。

ドア付近で待たれるのは嫌だろう、と察し、だいぶ離れた辺りをうろうろしていた。しばらくすると流水音が聞こえ、こんこんと小さなノックのような音もしたので、戻る。

「もういいの?」

ドアに口を寄せて、小さな声で尋ねる。

「いいよ」

「開けていい?」

「うん」

ドアを開けると、きちんとパジャマを着て、元通りの格好で便座に座っていた。車椅子を隣りに移動させ、レバーを引っ張って固定し、肩を貸して移動させる。

せっかく病室を離れたのだから、何か気分転換をさせてあげたいと思う。

「ちょっと、デイルームの辺りまで行ってみようか。カンファレンスルームの隣りの。あそこに大きな窓があるから、外が見えるかも。外を見ると気分が変わるかもしれない。春だし」

提案すると、

「行く。でも、デイルームって？」

頷きながらも、聞き返してくる。

「廊下の突き当たりに、小さな休憩室みたいなところがあったでしょ？　カンファレンスルームの隣りの、ソファがならんでいるスペースだよ」

「カンファレンスルームって？」

「カンファレンスルームっていうのは……、先生から病状の説明を聞いた、パソコンとかホワイトボードとかがある小さな部屋があったでしょ？　ＣＴの画像を見たところ。あそこだよ」

そう言うと、

「ああ、あったような……」

曖昧に頷く。ずっと病室にいるから、病院の構造を意外と知らないのだな、と気がつく。見舞いに訪れている側の方が、病院に詳しくなっていく。

それに、病状の説明を聞いたときは、きっと頭が混乱し、どの場所で話を聞いたかなんて記憶はうやむやになってしまったのだろう。

車椅子を押しながら、廊下をゆっくり歩いていく。点滴スタンドをしっかり握って、まるで大名行列のようだ。点滴が旗みたいだ。したにー、したにー。デイルームに着く。大きな窓に青空がいっぱい広がっている。

「あ、菜の花畑だ。見える?」

嬉しくなって、はしゃいで指さした。白い雲が点々と浮かんでいる青空の下に、黄色い長方形がある。バスの車窓から見えた、あの菜の花畑だ。

「どこだろう?」

きょろきょろしている。

「ほら、中学校の校舎の向こうに」

指さす。

「校舎は見えるけれど」

目を細くしている。

「え? じゃあ、見えるだろ。あそこだよ」

そう言いながら屈むと、車椅子の位置からはぎりぎり、校舎が邪魔して見えないことがわかった。

それを察したのか、

「ああ、あそこに、菜の花畑があるんだね。立っていると見える。でも、座っていると見えないんだね」

つぶやいて、車椅子の肘掛けに手を置く。

「……真っ黄色になっているんだよ」

再び立ち上がる。

「そうか。じゃあ、逆に目を瞑ろう。頭の中に菜の花畑を作るか」

と目を閉じる。

「きれいだろ」

横顔をじっと見る。

「こぶしの花とか、あと、あそこに濃いピンクの花とかが咲いているのは見える。春たけなわだね」

目を開けて、実際の白い花やピンク色の花を指さす。

「駅前には、桜も咲いていたんだよ。大通りの桜並木の。来年は、一緒にお花見をしよう」

そう誘うと、

「……うん、そうだね」

曖昧に頷いて笑顔を作る。

来年まで生きられると思っていないのだろう。でも、そういうことを言ってこちらを困らせる気もないのだろう。言葉を詰まらせて、ちょっと笑うわけだ。

それで、後悔する。「来年は、一緒にお花見をしよう」というのは良い科白（せりふ）ではなかった。しかし、これまではずっと、未来を見ることで明るく生きてきたのだから、未来を見ずに明るく生きる方法が、今はわからない。

カンファレンスルームで病状を説明してくれた担当医は五十代初めと思われる男性だった。白髪交じりの短髪と太い黒縁眼鏡が印象的な紳士で、落ち着いてこちらの心境を察してくれた。こちらがショックを受けると思われる単語のあとに、必ず間を置く。沈黙のあと、こちらが話し出すと熱心に聞いてくれる。こちらからの話は、戸惑いや理解不足による愚痴（ぐち）や、関係のない金や仕事の悩みが交じってしまっているのに、辛抱強く耳を傾けてくれた。妻を見て、「聡明な方でいらっしゃるようですし……」と言って、病人の前で隠さず病状を話してくれた。すべての写真、はっきりした病名、ステージについて。しかし、余命についてはまったく語られなかった。それでも、未来があまりない状況に来たのだということが、よくわかった。なぜわかったのだろうか。腹膜に転移しているがんの画像を見たからか。いや、それだけではない、医者の言葉の端々や、それを話すときの表情からだ。

余命など聞きたくない。聞く必要がない。

病名は聞きたかったし、妻に聞かせたかった。病名を夫婦で一緒に聞きたいと思った理由は、信用に関わるからだ。互いに信じ合い、医者や病院を信じるということが、病名を聞かない場合は難しいような気がした。

病名を聞いたところで妻の個性が失われるような感じはしなかった。病名がついても、同じ病名の他の人と同じ物語が始まったようには思えなかったし、同じ病名の他の人と入れ替わり可能な存在になったようにも感じられなかった。それはパーセントの表現を医者がしなかったからかもしれない。がんの種類を語るとき、予後について喋りたがる人が多い。「Xパーセントの人がY年後にこうなる」。こういった表現が世の中には溢れている。治療や研究をしている人にとっては、パーセントは重要なものなのだろう。だが、固有の生を生きている患者にとってはどうだろうか。パーセントでくじ引きのような感覚を味わうのはばかばかしい。医者たちが考え出した「余命」という物語に個人が合わせて生きていくなんて頭が悪すぎる。そんなに受け身でどうするんだ、と思ってしまう。

ステレオタイプの言葉に洗脳されてたまるもんか。「穏やかな尊厳ある死」というフレーズの怪しさ。「自然」という言葉のばかばかしさ。穏やかでなくとも、自然でなくとも、幸せな生を終える人はいる、と、そんなことを考える。

妻が考えていることは、わからない。でも、そのときも余命についてや原因については質問していなかったし、やはりパーセントのことは気にしていないのではないだろうか。

ただ、死を見て暗くはなっているような感じがする。そして、暗いままでいいとは思っていないだろうし……。

未来を見ずに明るく生きるという方法が、きっとある。今はまだ見つけられていないが、いつか見つかる。

「あのワンピースはどうしたんだろう?」

と尋ねてみた。

「ワンピース?」

「紺地に菜の花模様の……」

「まだあるよ。押し入れに……。和室の押し入れの、上の段の左の奥の衣装ケースの中に」

こめかみに指を当て、目を瞑り、頭の中の押し入れをがさごそやる。

「あ、そう」

「あの服、いろんな人に『似合う』って言われて、気に入っていたんだけど、結婚後に太って着られなくなっちゃったから、押し入れの奥深くに仕舞い込んだんだ。でも、今なら着られるかも。あれは、そんなに若いデザインでもなかったし、この年齢でもね……、たぶん、着られる」

「いや、あれは、昔の服だもんな。今度、もっと素敵な服をデパートへ買いに行ったら? お母さんと」

首を振る。

「……うん、そうだね。……戻ろうか」

と病室の方へ首を向けるので、

「うん」

車椅子を押す。

病室へ戻ると、パイプ椅子に人影が見えた。

「あ、戻ってきた。お散歩にいってらしたの？」

クリーム色のカーディガンを羽織り、ダークオレンジのスカートを穿き、膝に茶色い革のハンドバッグと紺色のビニールのエコバッグを載せている。今日は土曜日なのでケーキ屋が休みなのだろう。妻の母は、月、木、金にパートタイムでケーキ屋に勤めている。

「トイレへ連れていってもらったところ」

返事しながら、パジャマをたくし上げ、ベッドの上に移動しようとする。

「看護師さんから『連れていってもいい』と許可をもらえたので、車椅子を借りて、お手洗いへ行ってきたところなんです」

そう言いながら腰の辺りを支えてやり、ベッドの上になんとか座らせる。

「そう、ありがとうございます。さっき、看護助手さんがいらしてね、『お体を拭きましょうか?』って」

妻の母の口から、妻の看病について、「ありがとうございます」と出ることはこれまでにも何回かあって、いつも妙な感じがした。もっとはっきり言えば、嫌だ、と思った。したくてやっているのに、まるで「やってあげている」かのように捉えられてしまっている、と。そして、妻の母の方がこちらよりも妻に近しい人のように認識されてしまっているらしい、と。

そして、妻はどう思っているのだろうか。

妻と母は、毎月デパートへ「見回り」に行っている。季節の服や、新しい出店、カフェの新メニュー、そんなくだらないものをチェックすることによって、街と共に生きる自分たちを実感しようとしているのかもしれない。大体は二人で行っていたようだが、ときどき元上司も同行していたみたいだった。

妻が結婚するまで、それが三人の暮らしの楽しみだったのだろう。

家族という言葉の使い方は人それぞれだ。妻の母や元上司を家族とは思わない。「義母」や「義父」という言葉は苦手で、これまで極力使わずに生きてきた。そして、今は、自分の父母も姉のことも家族と思っていない。家族は妻だけだ。だが、妻の方は今でもときどき、妻の母や元上司のことを「家族」と表現する。べつに、その捉え方を共有する必要はないし、定義を整える必要も感じなかったので、そのままにしてきた。

「あ、今日、清拭（せいしき）の日だった」

腰を動かして、なんとかベッドの中央へ移動し、足をゆっくりと上げてから、布団と毛布を引っ張って体を仕舞い、しまった、という顔をする。ここ二週間ほど、風呂に浸かれないのはもちろん、シャワーも浴びられないので、看護助手に体を拭いてもらっている。

「他の患者さんのところへ行かれたけど、また、いらっしゃるんじゃないかな？

大丈夫よ」

と笑う。

「気を遣うんだよ」

と顔をしかめる。

「病気なんだから。向こうはプロなんだし、お任せすればいいのよ」

そんな遣り取りをしているときに、

「あ、戻っているね。お体を拭きましょうか？」

と病室に入ってくる。水色の上下の制服を着ている、五十代と思われる優しそうな女性だ。

「あ、お願いします」

真っ赤になりながら、頭を下げている。

「そしたら、出ていますわね」

カーテンをからからからと引っ張って外から見えないように閉め、ハンドバッグとエコバッグを抱えて病室を出ようとする。慌ててビジネスバッグを持ち、追いかけた。

二人で廊下を歩いていく。

「どうしようかしらね。あそこのソファに座って、体を拭き終わるの、待っていましょうか？」

デイルームのソファを指さす。子ども向けの咳止めシロップのように明るいオレンジ色をしたソファだ。

「ええ」

頷くと、

「お仕事は？　大丈夫？」

こちらの顔を見上げ、ダークオレンジのスカートの裾を直しながらソファに腰掛ける。

「会社には事情を伝えました。しばらくの間、基本は午前中のみの時短勤務にさせてもらって、持ち帰ってできる仕事は移動時間や夜に行うことにしました。電車の中や家でパソコンを使って……。メールや電話で部下に指示を出すこともできますし。見舞いのあと、夜の会合に行くこともあります。病院の面会時間の十三時から十九時まで、できるだけここにいることにしました」

隣りに腰掛けながら言うと、

「そんなことできるんですか？」

目を大きく開き、驚いている。

「午後に会議のある日は無理なんですが……。今は部下とスマートフォンやパソコンで繋がっていれば、どこにいてもなんとかできる、という状況にはあるので……。事情を伝えたら、上司の厚意で、そうできることになりました」

病名がわかったとき、「仕事をどうしよう？」という問いが頭を駆け巡った。最初は、「三ヶ月でも休暇をもらって、もらえないなら仕事を辞めて、看病に生活のすべての時間を使いたい。常に妻と過ごしたい」という気持ちが湧き起こった。しかし、残された時間が短いとして、それがどの程度の短さなのかはっきりとはわからない。ものすごく短いものと勝手に想像して休みの長さを決めるのは悲観しているようで嫌な感じだ。それに、考えれば考えるほど、世界を病院だけにするのは危険に思えてくる。別の世界を抱えてこそ、妻に寄り添えるのではないか。

保険の営業で他人の人生を垣間見たり、資格の勉強をしたりしてきた中で身につけた僅かばかりの介護に関する知識を思い起こしてみた。

この国には育児・介護休業法が定められていて、介護をしながら働く人向けに介護休業制度という仕事と介護の両立を支援する仕組みがある。「介護が必要な状態」の家族のいる人は、九十三日を上限に休むことができる。

介護休業制度は仕事と介護を両立できる態勢を整えるためにある。多くの人が期限のない介護に臨んでいるから、短期休暇を使って集中するのではなくて、工夫の仕方を模索することで長期的に仕事も介護も行おうとするのだろう。

がんのように、進行の早い病気の場合は少し違うかもしれない。

でも、制度を利用する権利があるのなら、行使したいと思った。ただ、仕事仲間からも友人関係からも、「介護休業をしている」という話を聞いたことがまだなかった。

他に大事なことができて仕事への意欲が低下した、と上司や同僚に思われたくない。人事評価が下がるのではないか、と不安にもなる。でも、有給を使って休んだり、理由を言わずに残業を避けて帰ったりしているだけの方が、むしろ仕事に前向きでない印象になるのではないか、という気もする。考えていくと、「やる気は以前にも増してある。事情ができ、できる仕事とできない仕事があるようになったが、工夫して勤め続けたい」「それに、むしろ医療費などに向けて前よりも稼ぎたいのだ」ということを伝えるために、妻の病気を公にした方がいいのではないか、と思えてきた。それにしても、妻の前で病名を隠さないことにしたとはいえ、不用意に何度も病名を口にするようなことはしていないし、自分自身もまだ病名に馴染んでいない。できるなら、他人に言わずに済ませたい、という心も、正直なところあるのだった。

しかし、思い切って、部長に相談してみた。終業後に時間を作ってもらい、職場の隅っこで話した。ひと通り聞いたあと、部長は自身の経験を語り出した。五十代で独身の部長は、二年前に父親を看取ったという。介護の期間は五年ほどで、その間に会社に相談しなかったことや、介護休業制度を利用しなかったことが、今になって悔やまれてきた、というようなことをぼそぼそ喋った。それがどうした、だからこちらの気持ちがわかるというのか、配偶者と親は違う、一緒にしないでくれ、と一瞬思ってしまった。

「いや、いや、自分のときと比べているわけではなくってね」

こちらの表情を読み取ったのか、部長は首を振った。

「……はい」

「自分が介護との両立を会社の中で探っていれば、後輩たちの道がもうちょっと拓けていたのかな、と、まあ、そんなことを思ったんだよね」

「はい」

「後輩のためにも、先陣を切って、仕事と看病の両立を図るといいんじゃないかな？」

部長は続けて、「自分は了解したし、部内の他の者にも折りを見て話すので、次は総務部に伝えなさい」というようなことを言った。

先陣を切ってやる、というほどの気概はない。ただ、がんは現代日本における死の理由の多くを占めている。その看取りのシステムが未だ発達していないとしたら、確かにあとの人が困るだろう。

総務部へ相談し、介護休業を申請して規程の九十三日間、短時間勤務制度を使うことにした。同僚たちにも妻の病気について話し、サポートを得られることになった。

「時代は変わったのねえ。昔のあの会社はとてもそんなことは……。毎日毎日飲み会で、上司に無理矢理飲まされてねえ。プライベートなんてないに等しくて、休日の接待ゴルフも、終業後のお酒のつき合いも断れなかった。あの子が生まれた夜だって、飲み会で来られなくって、次の日に初めての抱っこをして二日酔いの酒臭い息をかけてね……」

スカートの上を何気なくはたきながら昔語りをする。

「その頃は、きっと、そうだったんでしょうね。先輩方が、少しずつ社風を変えてきてくださったんでしょう」

なんと返して良いかわからず、当たり障りのないことを喋ってしまった。

「今の若い人はいいですね。でも、無理しないで下さいね。……そんな風に、もうちょっと来られるといいんだけど、アルバイトは正社員と違って融通が利かないから。ケーキ屋は続けた方がいいし。ほら、この年になると、次に仕事を探すのは難しいでしょう？　あそこは奇特なケーキ屋だ。六十四のおばあさんに……、ねえ？　それに、家のことも、あっちは全然できないから、やらないといけないし」

ハンドバッグのストラップを伸ばしたり縮めたりしながら、まるで言い訳のように言う。

「そんな、まだおばあさんじゃないでしょう……。でも、今は誰だって、働き続けるのは難しいらしいですよね……」

とロごもる。

妻と妻の母は、いわゆる「友だち親子」というものだろう。しょっちゅう買い物やお茶をし、三ヶ月に一度は一緒に映画を観て、年に一回は連れ立って旅行をしている。去年の冬には、二人で台湾へ一泊二日で出かけていた。世の夫にはそういうのを嫌がる者もいるらしい。だが、この親子の場合は、「べたべた」だの「共依存」だのといった関係には見えなかったし、嫉妬心を横に置けば問題とは感じられなかった。

「そうそう、今度から、食べ物を持ち込んでも良いことになったでしょう?　だから、クッキーを焼いてきたんですよ」

エコバッグからタッパーを取り出し、蓋をそっと開けて中を見せてくれた。市松模様のアイスボックスクッキーがあった。

病院では飲食物の持ち込みが原則禁止されているのだが、食欲ががっくり落ちてしまったので、昨日から妻に限って許可された。

「わあ、すごいですね。きっと喜びますね」

五日前の急変のあとはしばらく点滴で栄養を摂っていた。一昨日からまた少しずつ胃に食べ物を入れることを始めたのだが、今日の昼食は五分粥と寒天だったらしいので、まだクッキーを口にするのは難しいのではないか、と思える。だが、それをこちらの口から伝えるのは僭越だろう。

「ええ、子どもの頃から、このクッキー、大好きだったのよ。小学生だった頃はよく作りたがって、二人で焼いたものでね」

そう言って、再びエコバッグの中にタッパーを仕舞う。

食事ができるようになったら何か作って持ってこよう、というのは同じように思っていたが、甘い物は遠慮することに決める。似た物を持ってきては、申し訳ないう。食事系かジュース系にする。スウィーツ系はお任せしよう。食事系かジュース系にする。得意分野を尊重しなくては。そんなことを考える。

「火、水、土は必ず来られるんですよ。ケーキ屋が休みだし、あっちもいないし、他に用事もないので。それ以外のときも、時間を作って来たいと思っているんですよ。シルバー大学の用事と、自治会の仕事もあるんだけれど、来られる日は来るつもりなんですよ」

「そうですか」

「趣味の、俳句のサークルと、歩こう会があるんだけど、これはお休みしようかとも……」

また言い訳のような口調で話すので、

「仕事や趣味を看病のために中断するのは良くない、という話を読んだことがあります。生活や人生を保っていなければ看病は続けられない、って、なんの雑誌か忘れましたが、ちらりと見たページに書いてありましたよ。未来を信じた方がいいような気がしますし……。長い看病になるかもしれませんから……。こちらも、時短勤務に切り替えはしても、会社を辞める気は毛頭ないんです。これから、もっと仕事に邁進するつもりです」

ついえらそうにアドヴァイスめいたことを喋ってしまった。

「そうですね。趣味は続けた方がいいですね。犠牲にしていると思わせるのも良くないですしねえ。でも、なんにせよ、火、水、は来られるし、何をやってあげるというのでなくても、会いたいからね……」

つぶやくように言い、顎に手を遣る。

「それじゃ、火、水、はお任せ致します。今後は、月、木、金、土、日に来ることにします」

見舞い客が多過ぎるのは病院にとって負担なようにも見えていた。看護師が、作業を家族の視線にさらされるのを、厭う仕草も垣間見える。吸引や採血や検査などを行うとき、家族が見ている前で患者を苦しめることへの罪悪感を味わったり、失敗できないという緊張が走ってしまったりしているような感じがした。だから、プロに何かを任せるときは、そっと席を外すように心がけてきた。病院側の都合の妨げにならない範囲での看病を求められているような雰囲気がある。従おう、と思ってきた。病院スタッフの邪魔にならないように、そして、妻を大事にする他の人たちの邪魔にもならないように……。妻を独占しないようにしよう。配偶者というのは、相手を独占できる者ではなくて、相手の社会を信じる者のことなのだ。妻が入院してから、そんな風に考えるようになってきた。妻の母にしても、妻と二人っきりになりたいときがあるに違いない。配偶者が遠慮すべきときも、きっとある。妻のことを思っている人は、その他にもたぶん、たくさんいる。

ぶおん、とエレベーターの音がしたので顔を上げると、新しい見舞い客が二人、こちらへ歩いてきた。知っている顔二つ。「双子屋」だ。

「あれ？　こんにちはー」

オレンジ色のソファの前で、足を止める。青いボーダーシャツにブルージーンズという格好だ。髪の毛は襟足ぎりぎりのショートカットだった。

「こんにちは……。あの、お見舞いに伺ったんですが、あの、今、会えない感じですか？」

同じように立ち止まり、尋ねてくる。赤いボーダーシャツに緑色のジャンパースカートという出で立ちだ。長い髪を後ろで一つに束ねている。

妻の店で、何度か会ったことのある、瓜二つの顔を持つ二人だ。妻は「パンばさみ」というサンドウィッチ屋をひとりで経営している。とても小さな「町のサンドウィッチ屋さん」だ。「双子屋」は、その「パンばさみ」にパンを卸していているユニットだ。

「パンばさみ」の入口にぶら下がっている洗濯ばさみ型のパンも、この「双子屋」が焼いてくれたものだ。この洗濯ばさみパンはイラスト化されて、店のトレードマークになっている。サンドウィッチを入れる紙袋やビニール袋にもそのマークが印刷されている。

「こちらは？　あの子の、……お友達？」

と尋ねるので、

「『双子屋』さんです。『パンばさみ』にパンを卸してくださって、もう……、六、七年になりますか？」

と立ち上がって、紹介する。

「えっと、八年目、だと思います。『双子屋』です。実際、双子なんですよ。ただ、屋といっても、店は持っていないんです。朝、パンを焼いて、あちこちに卸しています。あと、おいしいパンの普及を目指して、雑誌やラジオに出ています」

揃って頭を下げる。顔が瓜二つなら、お辞儀の角度もそっくりだった。二十代後半と思われる、潑剌(はつらつ)とした二人だ。

「まあ、雑誌やラジオに。ご活躍なのね。うちのと同じように、パンを愛していらっしゃるのね」

感心して頷く。

「ええ、パンが好きなんです」

同時に頷く。ユニゾンだ。

「お世話になっております。よくしてやってくださいね」

と頭を二人に下げる。妻の母の顔は妻にそっくりなので、「双子屋」の方には、誰なのかわかったに違いない。

「とんでもない。こちらの方がものすごくお世話になっております」

再びユニゾンで頭を下げる。

「病室へ戻りましょうか?」

そう言って立ち上がると、

「そうね。ご一緒にどうぞ」

と先導する。「双子屋」はナースステーションでバッジをもらってから、妻の母の後ろを歩く。

四人で廊下を歩いていく。昔は、「病院の廊下」と聞くと暗くて怖いイメージが湧いたものだ。でも、ここは新しくて大きな病院で、掃除が行き届いているので、とても明るい。窓から春の午後の日差しが柔らかく降り注ぎ、廊下に光る菱形が並ぶ。

病室へ入り、右奥のブースに行って、

「『双子屋』さんが、お見舞いにいらしたよ」

と声をかける。

「わあ」

嬉しそうな顔をする。

「こんにちはー」

にこにこと挨拶し、

「こんにちは……。あの、髪型、可愛いですね」

ぺこりと頭を下げる。頬がこけて面変わりしていることに気がつかないわけがないのだが、何も変わっていないかのようなフリをしてくれる。いや、フリではなく、本当に、他の要素の変わらなさを感じてくれているのだろうか。

「こんにちは。どうもありがとうございます。……これね、ふふ、編んでもらったんです」

顔を赤くして、手を頭にやる。

「ええー、お優しいんですねー」

にこにことこちらを見る。

「でも、不器用なもんで」

額を掻きながら、指でぼさぼさ具合を表現すると、

「今は……、わざとほつれ毛を出したりアシンメトリーにしたりする方が流行ってるんですよ。あの、可愛い、ですよ?」

と慰めてくれる。

「あら、その髪型って、やってくださったんですねえ。てっきり、手が動かし難くなってきたから、こうなったのかと思ってた……」

そう言って、こちらを見る。

「これから、もう少し上手く編めるようになります」

頭を下げる。

「あの、試作品を持ってきたんです。病院に、あの、こういうの、持ってきていいのかどうかわからなかったんですけど、ちょっとだけでも見てもらいたくて……。前に、クロワッサンのサンドウィッチを始めたいって言っていたでしょう？　それで、ちょっと素敵なバターを手に入れて、しっとりめの生地にして、齧（かじ）ってもあまりばらばらにならないように……、って。あと、嵩（かさ）が高いと何か挟んだときに食べ難いかもと思って、あの、できるだけ平べったく形作って……」

もじもじと、赤いボーダーの袖口を引っ張る。

「見せてもらえますか？」

と言って手を伸ばす。

「これですー」

青いボーダーの手がすっと伸びて、鞄からタッパーを取り出し、蓋を開けた。

「わあ、いい色だね。形も素敵。美しい三日月。食べてもいいですか？」

と目を輝かせて、そのつやつやしたパンを見る。

「え？　は、はい。あの、もちろん、いいんですけど……」

そう答えながら、ちらりとこちらを見る。良いのかどうかは判断できないが、

「食べられるのなら、いただいたら？　あ、どうぞ、椅子にお掛けください。今、もうひとつ、椅子、出します」

促してから、病室の入口からパイプ椅子をもう一脚持ってきてベッドの脇に置いた。

「ありがとうございますー」

青いボーダーシャツとブルージーンズの体を曲げる。

「あの、ありがとうございます……」

同じように赤いボーダーシャツと緑のジャンパースカートの体を曲げる。

「おいしい」

ぺろりとクロワッサンをたいらげてしまった。クロワッサンは脂肪分が多めと思われるが、消化できるのだろうか。あとで後悔するのかもしれない、とどきどきしつつ、後悔してもいいから今どうしても食べたいという程のものなのかどうかは本人にしかわからない、とも考える。

「ああ、良かった」

ユニゾンで胸を撫で下ろす。

「何を挟もうかな。玉子とセロリ？　それとも、アボカドディップとボイルした海老？」

職業人の顔をして、嬉しそうに首を傾げる。

「夢が膨らみますねー。クロワッサンがサンドウィッチに変貌してどんなになるかー、楽しみだなー」

うんうんと頷き、

「何か、あの、ご意見を伺いたいです」

と尋ねる。

「うーん、そうだな……。うちのお客さんは、小さめのパンがお好みの方が多いから、もう少しだけ小さめのものだと嬉しいです。これでサンドウィッチにすると、結構大きくなっちゃうから。たくさん食べたい方は、ひとつでお腹いっぱいになるよりは二つ選びたいみたいなんですよ」

顎に手を当て、考え考え喋る。

「そうなんですねー。また試作してみますー」

頷いて、タッパーを鞄へ仕舞う。

「あと、あの、これ、良かったら……。最近出た、パンのムック本とか、あの、料理本を何冊か……」

ジャンパースカートの上に抱えていた紙袋から、色とりどりの五冊の本を差し出す。パンの写真が載っているものがほとんどだが、イタリアンの料理本も入っている。

「わあ、ありがとうございます」

浅葱(あさぎ)色のパジャマに包まれた腕を伸ばし、本を受け取る。細い腕に五冊は重そうだ。

「そしたら……、あの、長居するのもあれだから……」

赤いボーダーシャツをひねらせて、隣りの顔を見る。

「そうね、そろそろ失礼しようかー。また、来てもいいですかー?」

青いボーダーシャツが立ち上がる。

「ええ、でもおいそがしいでしょ? こないだイヤフォンつけてね、ラジオに出てらしたの聞いたんですよ。『にこにこワイド』での食パンの話。すっごく面白かった。だから、お見舞いは無理しないでね。気持ちだけで嬉しいんですから。今日は本当にどうもありがとう」

頭を下げる。

「こちらこそ、ありがとうございましたー、それじゃ」

荷物を持つ。

「どうも、おいそがしい中、ありがとうございました」

ベッドの横で、クリーム色のカーディガンの背を曲げてお辞儀する。

「そしたら、エレベーターまでお送りしてきます」

二人が病室を出ていくのを追いかけ、エレベーター乗り場までついていった。

籠が三階まで上がってくるのを待ちながら、

「あの、本当に、また来てもいいのでしょうか？ もしかしたら、だいぶ、お体……、おつらいのではないですか？ 他人が会いに来るの、ご負担じゃないですか？ 家族水入らずの時間を邪魔するのも申し訳ないですし……」

と赤いボーダーシャツから聞かれる。優しい声だったので、話したい気持ちになり、

「先々月、急に体調を崩して、家の近くにある小さな病院に入院したんですが、『大きな病院で検査をしてください』と言われて、先月にこちらの病院に転院してきたんです。それで、検査も、ここでやれる治療も終わって、今はまた、別の病院に転院することを示唆されているところなんですが……。最初は、つまり先々月に別の小さな病院にいたときは、家族ではない人に会いたがらなかったんですよ。弱っている姿を見せたくなかったみたいで……。仕事のことも、忘れたような顔をしていて。野菜農家の方が、最初の病院に入院して二日目か三日目だったかな、一度お見舞いにいらしてくれたんですけど、『断って』と頼まれたものですから、恐縮でしたが病院の入口で事情を伝えて帰っていただいたこともあったんです。他にも、お店のファンの方からお電話をいただいても、会いたがらなくって。食べ物の仕事に就いていますし、元気でなくては人に会えない、という思いも、最初はあったのかもしれませんね。いとこのお見舞いさえ嫌がって。だから、そのときは、ごく近しい人だけに看病してもらおう、という考えだったんじゃないかな。でも、先月にこの大きな病院に転院して、病名をはっきり聞いたタイミングで、どうやら、ガラリと考えが変わったみたいで。お見舞いにいらしてくれる方をすごくありがたがっていると見えるようになったんです。それに、仕事のことを考えたい、という気持ちが強く出てきたようにも……。ひとりでいるとき、ノートにサンドウィッチのアイデアを書き溜めているみたいなんですよ。よくはわからないんですが、ちらっと見えたページにパンのイラストとか材料とかのメモらしきものがあったんで、たぶん。だけど、家族は仕事の会話をしてあげられないですから……。だから、今日はとても嬉しかったと思いますし、こちらも、嬉しかったんです」

ひと息で喋った。一度上がってきた籠を見送ってしまった。

「そうだったんですねー。大変だったんですねー」

青いボーダーシャツが眉を八の字にして俯(うつむ)く。

「……あの、また来ます」

再びやって来たエレベーターに二人は乗り込んだ。ドアが閉まり切るまで、お互いに深々と頭を下げ合った。

病室に戻り、右奥のブースへ入ろうとカーテンに手を掛けると、話し声が耳に入ってきた。

「普通は、お見舞いのときって、『仕事は忘れて、治療に専念してください』って、言うものじゃないかしらねえ。持ってくるものだって、『よりぬきサザエさん』とか七十二候がどうのこうのとかいう季節についての当たり障りのない本とか、軽い読み物にするんじゃないかな。このパンの本、持って帰ろうか？　こういうのが近くにあると、仕事のことが、気になっちゃうでしょう？」

「ううん、読みたいから。そこに置いておいて。仕事は死ぬまで忘れるつもりないし。というか、死んだあとも、仕事のことは考えるから。あのさ、死ぬ人って、死ぬ直前や死んだあとに家族のことを考えている、ってみんなから思われがちだよね？　ほら、幽霊とかさ。ご先祖様的な奴って、家族にこだわってる感じあるじゃない？　仕事のことは死ぬ直前や死んだあとは考えなくなるって思われがちなのは、なんでだろう？　……この人、イタリアンのシェフなんだけどね、ファンなの。それを知ってるから、持ってきてくれたんだよ。この人のレシピで、これまでいろんな料理作ったなあ。チーズリゾット、チキンのトマト煮、ほうれん草のラザニア……」

「死ぬ人だなんて、何言ってんの……。それに、今はまだちゃんとした食事ができないのに、そんな料理の本を見るのは、つらいんじゃないの？」

「それが、そうでもないの。実際に今、目の前にこの皿を出されたら、とても食べたい気持ちにならない、もしかしたら気持ち悪くなっちゃうかも、なんだけど、こうやって本で見て、頭の中に空想上の料理を浮かべることは、なんだか妙に楽しく感じられる。現実の食欲と、頭の中に料理を浮かべたい欲は、別なのかもしれないね」

「……そういうもんかしらね」

聞き耳を立て続けるのも悪いので、そこでカーテンをさっと開け、

「見送ってきました」

とブースへ入り、空いている方のパイプ椅子に座った。

「あ、そうだ。クッキーを焼いてきたのよ」

小さな声で言って、エコバッグからタッパーを、そろり、と出す。同室のおばあさんたちは持ち込みの食事ができないはずなので、遠慮してこっそり渡そうとしているのだろう。

「わあ、ありがとう。懐かしいなあ。よく一緒に作ったよね？」

やはり抑えた声で言う。

「そうでしょ」

にっこりと頷く。

「でも、ごめん。今はあんまり食べられないから、これを四つに割ってくれる？」

手刀で切る真似をする。

「……いいわよ」

がっかりしたように俯いて、タッパーの中で市松模様を分解し、一センチ四方のとても小さな四角を作った。

ココア味の部分を受け取り、

「うん、おいしい」

ゆっくりと咀嚼（そしゃく）し、タッパーに蓋をする。

「もういいの？　せっかく作ったのに」

「うん、タッパーを、そこのロッカーの引き出しに入れていってくれる？　少しずつ食べるから」

「他人の作ったものを食べなくちゃならないから、大変ね。他人の手によるものより、家族のものの方が、本当はいいでしょう？」

首を傾げながらも、タッパーを引き出しに仕舞う。

「他人のものっていうか、仕事相手のものだよ。他人か……。他人ねえ、なんだろうか、他人って。……あの『双子屋』さんのことね、確か、十年近く前に、ファッション雑誌で紹介されていて、知ったんだよ。その頃、あの二人はまだ大学生で……。双子でパンユニットを作って、音楽イベント開いてＤＪやってパンに関する曲ばっかりかけたり、ジュエリーデザイナーとコラボしてパンのネックレスを作ったり、そういう活動を知って、『なんだ、この子たちは』と、どっきどきとしてさ、勇気出してメールを送ったのね。そしたら、返事くれて、一緒に食事したり、イベント手伝ったりしているうちに仲良くなって、今は仕事のパートナー」

遠くを見るような目つきをして言う。

「そう……。主婦にはわかんない世界ってことですね」

わざと丁寧語を使い、少し寂しそうに俯く。

「そんなこと、思ってないよ。主婦だって、仕事でしょう?」

首を振る。

「さ、そろそろ帰ろうかな。洗濯物を取り込まなくっちゃ。夕ごはんも作んなくっちゃならないし。これ、洗濯して、火曜日に持ってくるからね」

顔を洗うときに使ったタオルと、清拭のときに着替えたパジャマを取って、エコバッグに仕舞う。

「あ、すみません」

思わず立ち上がって頭を下げると、

「あら、やりたいのよ」

憮然(ぶぜん)とした顔をする。

「ごめん、このタオルもお願い」

首に巻いていたタオルを外して、渡そうとする。

「オッケー」

受け取って、エコバッグに詰める。

「うん、じゃあ、ありがとうね」

と礼を言う。

「夕ごはんまでいらっしゃるの？」

こちらを見る。

「ええ、夕ごはんを食べるのを見てから帰ります」

六時に夕食が出る。できたら、食べるところを見たかった。どうせたいして食べないだろうが、ひとりで食べるともっと食べないのではないか、という気がしてしまうのだった。

「それじゃあ」

ハンドバッグを肩に掛け、エコバッグを持ち、カーテンに手を掛けた。

「ありがとう、いそがしい中。それじゃ、よろしく伝えてね」

にっこり笑って、頭を下げた。

「伝えるね。それじゃ」

十秒くらい、手を振り合っていた。

帰ってしまうと、カーテンのドレープ沿いに夫婦の沈黙が溜まっていった。

手持ち無沙汰になった。

「マッサージしてあげようか？」

思い切って尋ねてみる。

「うん。頼むわ」

右手を出す。ビジネスバッグからハンドクリームを取り出し、塗ってやる。

親指の付け根の方から軽く揉んでいく。

「『双子屋』さん、いらしてくれて、嬉しかった？」

揉むに連れて少しだけピンク色になる小さい手を見つめながら、尋ねてみる。

「そりゃあ、嬉しいよ」

「若い相手でも、敬語なんだな」

「年は関係ないよ。仕事相手だから」

右手を引っ込め、今度は左手を出す。

「……友だちではないの？」

さらに質問してみた。ときどき一緒に食事や飲みに出かけていたので、「仕事で知り合った、若い友だち」といった感じなのかな、と思っていた。

「仕事相手だから、友だちとは違う。友だちって思ってないよ。すごく大事な仕事相手」

にっこり笑う。

そこでカーテンが揺れて、

「お変わりありませんか？」

低い声で聞かれた。時計を見ると五時なので、担当看護師が交代したのだ、と察する。袖に紺色のラインが二本入っている、ベテラン看護師だ。毎日、五時になると、看護師が交代する。どうも、二交代制のようだった。

「大丈夫です」

と答えている。

返事は本人のみがした方が良い。だから、こういうときは黙っている。椅子のスチールパイプに同化するかのごとく、息を潜めてじっとしている。

「あら、マッサージをなさってるんですね。良かったですね。まあ、血色が良くなってきていらっしゃいますねえ」

と話しかけられる。

「はい」

と頷いている。

「食前のお薬です。お飲みになれますか?」

と錠剤を渡される。

「はい」

頷き、口に放り、水をこくりと飲む。飲み込むところまで見届ける決まりになっているらしく、喉がぴくりと動くのを確認してから、隣りのベッドへ移っていく。

「お変わりありませんか? 血糖値を計りましょうか?」

隣りのベッドで話しかけている。医療スタッフの言葉遣いは、本人の裁量に任せられているようだ。タメ口交じりの人、ほぼ丁寧語の人、謙譲語と尊敬語を過剰なほど使う人など、様々だ。

敬語を使わない人の気持ちも理解できる。横目で見ていると、専門職として求められるのではなく、お手伝いさんのように接されてしまうこともままあるようだ。敬語を使ってへりくだることがしんどくなることもあるだろう。

　マッサージが終わったので、

「……っ、爪を切ってあげようか?」

　勇気を振り絞って言ってみた。少しだけ、声が掠れた。

「うん、頼むわ」

　にこにこと答える。

　言ってしまえば、簡単な遣り取りだった。それなら、もっと早く言えば良かった。

　ビジネスバッグから爪切りとビニールテープを取り出し、爪切りの両脇にビニールテープを貼る。爪が爪切りの横から飛ばないように留めるのだ。細い右手を取る。ぷちんぷちんと白い部分に刃を入れていく。三日月形がビニールテープのべたべたした面にくっ付いていく。ぷちんぷちんという音に夢中になる。ぎょっとするほど楽しい。この愉悦はなんだろう。好きな人の爪を切るというのは、こんなにも面白いことだったのか。

「こないだ、ホームセンターで、棒を買ってきたんだ」

ぷちんぷちんに合わせながら、喋ってみる。

「棒？」

怪訝（けげん）な顔をする。

「家に帰ってきたときに、歩き難いかもしれないでしょ？　手すりがあったらいいだろうな、と思って。ノコギリと電動ドライバーも、買ったんだ」

と続けた。

「大工仕事なんて、できるの？」

くすくす笑う。

「できるよ」

苦笑いで返す。

「家か……」

こちらに手を握らせたまま、じっと天井を見る。

「帰りたい？」

尋ねる。

「……うん」

帰りたくないような顔で頷く。ああ、と思う。

やはり、未来を見ることが明るさに繋がるわけではないのだ。家の話なんかしても喜ばないのだ。では、何を見ることが明るさに繋がるのだろう?


病院の門の脇にある植え込みには躑躅(つつじ)が咲き乱れていた。濃いピンク色が目に痛い。

五月は妻が一番好きな季節だ。この時期の夕暮れの空がいいと言う。オレンジ色と黄色と群青色が層になる。婚約時代に、有名な高級ホテルへ背伸びして出かけた。最上階のバーで、妻がカクテルを飲んだ。あのグラスの中みたいだ。だんだんと群青色が際だってきて、星がいくつかきらめくところは、見ているだけで幸せになる。

先月、妻は三つ目の病院へ転院した。最初の病院ほどは小さくなく、前の病院ほどは大きくない、中規模の病院だ。

自動ドアを開けて、院内へ入る。内装はホテルのようで、壁もカーテンもピンク色に統一されている。

月、木、金、土、日にお見舞いに行くという約束は、ほぼ守ることができていた。それ以外の日も、行けるときは三十分ほど顔を出して、さっと帰る。

仕事には支障が出てきた。

上司や同僚や部下に頭を下げ、先に帰らせてもらう。ときには、代わりに仕事をやってもらう。

上手くいかなくなってしまう人間関係や、溜まってしまう仕事もできる。

大概の人が優しい。労(いたわ)ってくれるし、見舞いの言葉をかけてくれる。代わりの仕事を嫌がられたことは今まで一度もない。

だから、「上手くいかなくなってしまう人間関係」を作っているのはこちらの感受性の問題なのだろう。

事情を伝えると、病名やステージを尋ねられ、死までの長さを伝えることを求められる。

「まだ、余命とかという段階ではないの?」

というような類いの問いは、何人もの人から投げられた。

誰もが死に好奇心を抱いている。他人の余命を知りたがる。死にそうになっている人を「かわいそう」と思うことに快感を覚える。

すべての人の体が死に向かっている。赤ちゃんの細胞だって、生まれてすぐに死を帯び始める。誰にでも余命がある。永遠の生はなく、あるのは残された時間だけだ。『死神』という落語があるが、あれのように長さの決まった蠟燭(ろうそく)がどこかで火を灯しながらだんだんと短くなっていっているのかもしれない。ただ、その長さは知りようがない。たとえ病に冒されても、その確実な長さを見ることは誰にも叶わない。誰もが限られた時間しか持っておらず、その長さを知らない。

だが、今の日本を生きる多くの人が、そうは思っていない。「平均寿命まで生きられる権利をすべての人間が持っているはずだ。人間はみんな、平等なのだから。しかし、特別な人はその権利を失う。早めにカウントダウンが始まる」。そんな風に捉える。そうして、その人だけにカウントダウンが始まった理由を求める。「罪深い人だから」「人間ドックを受けなかったから」「食事に気をつけなかったから」「煙草を吸ったから」。カウントダウンの始まった人にだけ余命という言葉を当てはめ、始まっていない人との間に線を引きたがる。「医師から余命を宣告された人だけが死と向かい合っていて、そうではない人は生と向かい合って生きている」。

余命の物語を使わずに、ただ、「病気の妻を看病するために」といった漠然としたことを伝えると、他に看病役のできる人がいるのではないか、プロに頼めるのではないか、となりそうだ。

日本の企業では、休みをもらうことが「社員の当然の権利」と捉えられることはあまりない。「プライベートを充実させる、あるいは悔いなく人生を過ごすことによって、仕事のクオリティが上がる」と考える人は少ない。

今、時短勤務を許され、周囲から手助けをしてもらえているのは、希有なことだろう。他の企業ではなかなか難しいに違いない。

しかし、「ありがたい」というシンプルな気持ちになれない。

「忌引き」という休みがあるが、死んでから休みをもらってなんになるのだろう。むしろ、死ぬ前に休みが欲しい。

休みをもらう理由を周りにわかってもらいたい、仕事にも看病にも前向きに取り組むがゆえのことなのだと理解されたい、余命を言わずに……、とつい勝手なことを思ってしまう。

おそらく、未だ妻は生と向かい合っている。明るい方へ行こうとしている。特別な流れに身を任せようとはしていない。

周囲の人に、余命という物語を使わず、且つ希望を失っているように見せずに、どうやって納得してもらったら良いのか。

「先月に三度、『危ない状態なので、ご家族の方はすぐ来てください』と、病院から緊急に呼び出されまして。『意識を失っています』とか、『血中の酸素濃度が急激に下がっています』とか。夜中にタクシーで駆けつけまして。そのあと持ち直したんですが、またそういうことがすぐに起こりそうな状態のようで……」

実際に起こっていることをとりあえずそのまま率直に喋る。しかし、余命のような伝わり易い言葉を使って伝えることに比べると、ずっと弱いコミュニケーションになってしまっている感覚がある。

病院のロビーを横切り、エレベーターで二階に上がる。ナースステーションで首から提げるタイプの番号札をもらう。透明なビニールケースに番号が印刷された紙が入ったものが、ピンク色のビニール紐にぶら下がっている。それに頭を通し、胸の前で番号を揺らし、名簿に名前を書いて、手を消毒してから廊下を歩く。

病室へ入る。やはり四人部屋だ。薄ピンク色のカーテン、濃いピンク色の壁、ごく薄いピンク色の布団カバー。ピンク色ずくめだ。

左奥のブースに、

「来たよ」

片手を挙げながら入り、声をかけると、

「来たか」

ふわりと顔を上げて、手首だけで片手を軽く挙げるが、それまでゴミ箱に顔を突っ込んでいたようだ。半身をベッドから乗り出して、プラスティック製の小さな黒いゴミ箱を両手で抱えている。

「どうしたの？」

驚いて尋ねると、

「吐きそうな気がしたから下を向いていたんだけれど、まったく吐けそうにない」

空色に白い水玉模様がプリントされたパジャマを着て、憮然としている。

「吐きたいの？」

そっと側に寄って背中に手を当てると、

「いや、うーん。……もう吐き気は去った」

目をぐるりと回したあと、窓の外に向ける。黄色い蝶々がふらふらと横切っていく。

「そうか」

ひどく心配になるが、心配そうな顔をされるのは嫌だろうと察し、なるべく表情に出さないように努める。元来ポーカーフェイスなので、苦ではない。

「もう大丈夫」

ぱちりと瞬きをする。

「白身魚を柔らかく煮たのと、ペースト状のほうれん草のおひたしみたいなのと、ゼリー。食べ過ぎたのかもしれない。……お昼、何、食べた？」

「昼ごはんは食べた？」

「カツ丼を。柴漬けも」

そう言うと、

「いいねえ、カツ丼」

にやにやする。

「スムージーを作ってきたんだ」

家で、人参とリンゴのスムージーを作り、水筒に入れて持ってきた。

「ありがとう。あとで飲む。……髪の毛を梳かそうかな。今日は要介護認定調査員の人が来るでしょ？」

頭に手を当てる。髪はまた少し伸びて、肩の上ではねている。

「うん」

頷きながらも、要介護認定なんて、本当に妻にとってプラスになるだろうか、と今更ながらどきどきする。

だが、万が一、家に帰ってこられるなら……。

一時帰宅ができるかもしれない、ということが、最近、目の前でちらちらする。

「もともと、うちの病院では長期の入院ができない規定になっていますし、もしも一時帰宅のご希望があるのならできますよ。こういう状況の場合、一泊でも二泊でもいいから、一度、家に帰りたい、という方は多いです。犬に会いたいとか、子どもに会いたいとか、いろいろね。もう少し食事が喉を通るようになったら、ご希望であれば、外出許可を出しますよ」

ひと月ほど前、この病院の担当医にそう言われた。前の病院では治療についての話が多かったが、ここでは過ごし方についての話題が多い。ノーメイクで、黒い髪をひっつめに結んでいる医者が、静かな声で、「悔いのないように」と繰り返す。

家へ帰ることになったら、準備が必要だ。家の壁へ手すりを付けたり、訪問介護を頼んで入浴の介助を受けたりする必要が出てくる。介護保険を申請しておくと、行政からその費用の援助を受けられるらしい。受給者は高齢者が多くを占めているようだが、妻のような状況の者も申請できるようだ。「家に帰る」という望みを抱かせるものにもなりそうだし……。いや、「家に帰る」と考えることが本人にとって良いのかどうかはわからない。しかし、こちらとしては、一泊や二泊どころか、もっと長く帰る夢も見たい気がする。

介護保険法というものがあるのは、以前から知っていた。要介護認定を申請し、要支援1、2、要介護1、2、3、4、5の七段階のどれかに認定されると、介護サービスを受けられる。

会社の総務部へ介護休業を願い出るときに、この介護保険法にのっとって「要介護」と認定してもらわないといけないのではないか、と誤解したことからきちんと調べてみたのだが、実際には、介護休業を取得するための「介護が必要な状態の家族」というのは、介護保険法にはまったく関係のない言葉で、二週間以上常時介護を必要とするような家族、という漠然としたものらしかった。

この病院へ移ってくる前の、大きな病院では、栄養相談室のドアを叩いたり、地域医療連帯室を覗いてみたり、医者や看護師の他にも随分といろいろなプロの方の手助けを受けた。ケアマネージャーにも相談して、介護保険の話題が出たのだが、そのときは病気の進行にこちらの考えがまだ追いつかず頭がぱんぱんだったし、「若い妻におばあさんと同じようなことをするなんて……」と年齢にこだわる気持ちもまだ持ち合わせていたので、「今は必要ないんじゃないかな」とスルーした。

でも、ホームセンターで木の棒を買って、手すりを作っていたときに、「これをプロに頼む援助が受けられるのなら、助かるなあ」と、頭をよぎった。ノコギリやドライバーを駆使してトイレの中に手すりを付けるのは、想像より大変だった。本棚や机の組み立てはいつも妻にやってもらっていて、大工仕事なんてほとんどしたことがなかった。費用の援助を受けられるのならば、玄関の横や廊下に、業者の手を借りて手すりを取り付けたい。

転院後、帰れるかもしれない、ということが頭に浮かび、介護保険の申請が良いもののように思われてきて、そのまま、妻に尋ねてみた。

「こういうものがあるらしいけれど……」

と介護保険の資料を見せたところ、

「申請してみよう」

あっさり返ってきた。

看病をしていると、「もっと有効な治療があるかもしれない」「セカンドオピニオンを求めなくて良いのか？」「あとで後悔する時間を過ごしていないか？」と、様々な問いが絶えず頭を駆け巡る。インターネットで調べたり、本を読んだりするのだが、知識が増えても、まったく安心に繋がらない。

それでも、情報集めに動いた方がましな気はしていた。

妻はしっかり者で、これまでは、旅行のスケジュールだとか、マンションのローンの返済計画だとか、なんでも立ててくれていた。しかし、今回はたったひとりの当事者で、この頃は病気の進行や薬のせいで頭がぼんやりすることもあるようで、病状の認識はなんとなくできているとしても、スケジュールを立てたり、対策を考えたりするのは難しいようだ。今までのように、「妻に任せればいい」というわけにはいかなくなってしまった。妻に決定権があるとしても、情報を集めるのはこちらの役目なのではないか。それに、こちらとしても、何かしら動いていると、少しだけだが気持ちが落ち着いてくる。本人も、「時短勤務で給料が少なくなっているのではないか？」「自分のサンドウィッチ屋の収入がなくなっているのに、治療費が払えるのか？」と、ときどき金のことを気にしている風だったので、金についても、「大丈夫だ。そんなことを気にするな」と子ども扱いしてなだめるのではなく、具体的な収支の明細や、申請できる制度など、情報を集めてはそのまま妻に伝えた。妻はがん保険と入院保険に加入しているので、そこから得られる金額についても、計算してすべて教えた。

妻が頭の中でそういった情報をきちんと咀嚼しているのかどうかはわからないが、どんなことでも、すべての資料と情報を開示して、頷くのを見届けてからこちらが動くように心がけた。

介護保険も、同じように情報を伝えて、ゴーサインを確認してから、動いたわけだ。

三週間ほど前、担当医に意見書を書いてもらい、市の窓口へ申請書と一緒に提出した。

そうすると、認定調査員が自宅か病院にやって来て、対象者の支援レベルをチェックする決まりになっているそうだ。何ができて、何ができないのか、本人に直接質問をして調べるようだ。対象者は要支援2だとか要介護3だとかといったランクに分けられ、援助の度合いを決められる。一ヶ月ほどしてから、介護保険適用が認定されるらしい。

数日前に市から電話があって、今日の二時に病院へ認定調査員が行く、と言われた。

いつもの通り、顔を洗い、化粧水と乳液とクリームを付ける。髪を梳かして編み込んでいる最中に、認定調査員がやってきた。いそいで髪を留め、さっと離れてぺこりとお辞儀する。家族は黙っていた方が良いだろうと思い、いつものように気配を消して壁と同化し、妻が話し出すのを待つ。

「わざわざ病院まで、ありがとうございます」

頭を下げている。

「今日はいろいろお尋ねいたしますね。まだお若いから、こちらの質問を失礼だと感じられちゃうかもしれませんけれども……」

ショートヘアにパーマをかけ、白いTシャツの上に葡萄色のパーカを羽織り、茶色いズボンに緑色のスニーカーを合わせている。六十前ぐらいの女性だ。

「そんな……。大丈夫ですよ」

首を振って、パイプ椅子の方を手で示す。

「ときどき、『失礼なことを聞くな』『ばかにしているのか』と怒られて、途中で帰らされてしまうこともあるんですよ。こちらとしては、規定の質問をしているだけなんだけどねえ」

笑いながら、ベッドへ近づいていき、椅子に腰掛ける。

「大変なお仕事ですね」

「痛みはないですか？」

「痛いときもありますが、我慢できないほどではありません」

「あ、麻薬で散らしているんだったら、そんなに痛くないわね」

点滴をぶら下げている棒の中央に、オレンジ色のポンプが付いている。ポンプの中の液体をゆっくりと血液に注入し、神経を鈍らせているようだった。一週間ほど前から、この薬を使い出した。

確かに、それは麻薬と表現できるものなのかもしれない。でも、なんだか嫌な気持ちになった。

思わず、認定調査員の顔を見つめてしまう。

それを麻薬だと判断できる自分というものを、こちらに見せたいのではないか。自分はがん患者や障害を持つ人をたくさん見てきた、自分は海千山千の人物だ、ということに誇りを持っているのではないか。そんな風に感じてしまった。

「ええ……」

曖昧に頷いている。「痛みを麻薬で紛らわせる人」と見られて、屈辱は覚えないのだろうか。

「これから、できることやできないことをお尋ねしますから、正直に答えてくださいね。どのような援助が必要なのか判断するためなんです。あと、簡単なテストもさせていただきます。ばかばかしいとお感じになる質問もあるかもしれませんが、一応決まりなので。……あの、ご家族の方が同席していると、見栄を張って本当のことを言ってくれない人もいるんですよ。あるいは、ご家族の方が手助けをして代わりに答えちゃって、ご本人が黙ってしまう場合もあります。ですから、二人だけにしてもらえるとありがたいんですけどね。ま、どうしても、ということでしたらご一緒に……」

途中からこちらを見て、笑顔を浮かべる。

「いえ、席を外します。食堂の方へ行っています。よろしくお願いします」

立ち上がり、病室を出て廊下を歩いた。

エレベーター乗り場の手前を右に折れると食堂がある。この食堂では、食事に看護師の介助が必要な患者が、手助けを受けながら遅い昼食を食べているのをたまに見かけた。今はがらんとしている。

椅子に腰掛け、なんとなくいらいらして、テーブルをこつこつ叩きながら窓の外を見ていたが、そうばかりしていても仕方がないので、ビジネスバッグから仕事の資料を取り出し、読みながら時間を潰した。

三十分ほどして、廊下にスニーカーが擦(こす)れるきゅっきゅっきゅっという音がひびいたので、顔を上げると、葡萄色のパーカの認定調査員がこちらに向かって歩いてくるのが見えた。立ち上がって、会釈する。

「今度は、ご家族のお話を伺ってもいいですか?」

そう言いながら、向かいに腰掛ける。

「はい」

白いテーブルで向かい合うと、パンフレットを取り出して要介護認定の仕組みについてひと通り説明された。そのあと、

「ご本人には言えないですけど、申請が通っても、やっぱり使わなかったという方は多いですよ」

小声になって、こちらに顔を近づけながら言った。

「そうですか」

使わない可能性が高いことは承知していた。無駄足を踏ませて悪かっただろうか。

「こんなこと、ご本人の前で言えないですけどね」

小さく笑いながら、書類をテーブルの上でとんとんと揃える。

「はあ」

曖昧に頷く。

「麻薬を使っているから、頭がぼんやりしているかもしれませんね。旦那さんがしっかりして、なんでも決めてあげるようにすること。奥様は自分で決めるのが大変ですからね。楽な気持ちになって、死を迎える準備だけに集中できるように。こういったことは、ご本人には言えないですけどね」

パーマヘアをくるくると揺らし、早口で話し続ける。おそらく、本人の顔や言動を見て「ぼんやりしている」と感じたのではなく、「麻薬を使っているということは、ぼんやりしているに違いない」と考えただけだろう。

「はあ」

再び曖昧に頷く。妻が自分で決めるのを嫌がるわけがないと思う。この人の中でステレオタイプの物語が始まっただけだろう。そう考えて、身構える。

「ご本人に言えないことが多くて、大変でしょうねえ?」

心から同情をしてくれている声で言う。

「いえ、そんなことはないですよ、言っちゃいけないことなんてないんです」

ふるふると首を振る。

「とにかく、会いたい人に会って、言い残したことがないように過ごさないと。こんなことはご本人には言えないですけどね」

「なんでも言っていいですよ。本人は、すべてわかっていますから」

「そうですか。なんでも話すという選択をなさっているんですね。それでしたら、看病する側は、少し楽ですよね。しかし、ご本人はおつらいでしょうね。男の人には難しいでしょうが、ときには髪の毛を洗ってあげたり、手伝ってあげなきゃいけませんよ。女の人はこういうとき、自分のことは我慢して何も言わず、家の方を気にして家族についてばかり喋る人が多いですからね。家のことは、自分でちゃんとやって、奥様に心配かけないようになさい。自分の食事や洗濯はできていますか？　ご実家に頼るのもひとつの手ですが……」

滔々(とうとう)と喋り続けるので、さっと割り込み、

「頭を洗ったり、マッサージをしたり、できる限りのことはやっていますよ。それに、以前からそうでしたが、もちろん、こちらは自分のことは自分でやっています。男だからこうなる、女だからこうなる、といった困ったことは、何

も起きていません。妻もこちらも、相手や自分の性別に関する困難は何も感じておりません」

はっきりと眉根を寄せて、かなり冷淡な声で言った。だが、

「あら、そう。でもね、がんの部位にもよりますが、進行の早いものの場合は、仕事や自分のことで時間を取らないようにして、患者さんに集中しないと、ご家族もあとで後悔しますからね。とにかく自分のことは自分でやって、自分のことで患者さんに迷惑をかけないように。お子さんはいますか？　お子さんは頼りにならないことが多いですからね。夫婦でなんとかするつもりで計画した方がいいですよ。ただね、看病期間が長引く場合は違ってきますからね。私の知っているあるがんの患者さんの家族の場合、余命三ヶ月と言われたのに一年生きて、そのせいで家庭が崩壊して……」

さらに早口に拍車がかかって、お喋りは続いた。

「あの、介護保険に関する調査をお願いしたのであって、がんの相談相手を頼んだつもりはなかったのですが」

こちらの思いを端的に述べたところ、

「あ、そうですか。失礼しました。それでは」

さすがに伝わったようで、椅子を引いて立ち上がり、スニーカーをきゅっきゅっと言わせながら帰っていった。

いつものようにエレベーター乗り場まで追いかけることはせず、ただ黙礼をして目で見送り、そのまましばらく食堂のテーブルでじっと俯いていた。

あの人が悪いわけではない、あの人が悪いわけではない、と何度か頭の中でつぶやいた。あのような仕事をしていると、病気にまつわる相談を受けることが度々あるのだろう。それに、介護認定を望む側は、認定調査員に対してへつらってしまいがちのはずだ。「すごいですね」「病気のことをよくご存じなのですね」としょっちゅう言われるのだろう。

介護保険の申請者の平均的な年代を考えると、面談する際の家族は、あの人と同世代か少し下くらいの「お嫁さん」が多いのではないか。そういった「お嫁さん」は、あの人が長い時間をかけて雑談をしてくれることをむしろありがたがるに違いない。愚痴を聞いてもらったり、「知り合いの誰々さんの場合は……」「友人の場合は……」と様々なケースを教えてもらうことで、癒やされる心もきっとある。

今回は、あの人の想定していた物語にこちらがマッチングしなかったという
だけだ。多くの場合はマッチングして、ありがたがられているのだろう。

しかし、そのように考えていっても、いらいらがなかなか収まらなかった。

立ち上がり、エレベーターで階下へ行く。

院外へ出た。外の空気を吸って、躑躅を撫で、意味もなく病院の周りを一周
ぶらぶら歩いてから、再び病室へ戻った。

左奥のブースへ入り、

「どうだった？　ちょっと嫌な思いをしただろ？」

と尋ねると、

「え？　全然。いい人だったよ」

かぶりを振る。

「そうか。……なら、良かった」

拍子抜けして、パイプ椅子にもたれた。また、こちらの感受性の問題だった
か。心の狭さのせいで、いつもいらいらしてしまう。やはり、相手のせいでは

なかったのだ。妻は鷹揚で、まったくいらついていない。

「でも、痛くないのか？　痛くないのか？　って、たぶん、必要な質問じゃなくて雑談だったんだと思うんだけど、何度も聞かれて、どうしてそんなにしつこく尋ねるんだろう、と不思議に感じた。他人の痛み、ってそんなに興味深いことなんだろうか」

水玉模様のパジャマの袖口を引っ張って、そんな風に言う。

「……痛くないの？」

改めて尋ねてみた。

「痛くないことはない。でも、痛いから不幸だ、という風には思っていないし、他の人から、痛いでしょう、苦しいでしょう、と何度も言われると、反駁したくなる」

考え考え、ゆっくり答える。

「そうか」

しゅるしゅるとネクタイを解き、ビジネスバッグへ仕舞った。

「とりあえず……、死ぬまで修行中だから。他の人や昔の自分と比べないで、あと、未来にも思いを馳せないで、今の自分の環境だけを見ればいいんじゃないか、って……、まあ、そんな感じ。そうするとね、痛みがあるのが世界だ、と思うこともできるようになる。痛いときでも、並行して、幸せだな、と思っているときもある」

病気になってから、一度も「戦う」「勝ちたい」「負けない」といった表現を妻はしなかった。いや、前からそういう科白を言ったことがなかったかもしれない。料理や食事が仕事であり趣味でもある妻は、そういうことばかり考えていて、スポーツやゲームにずっと縁がなく、勝ち負けの発想がもともとないのだろうか。闘病という言葉には、病は敵で、倒さなければならない、といったニュアンスがあって、「死とは負けること」のようにも思えてしまう。いや、そのように捉えて「勝とう」と頑張ることが、生きる希望となる人もいるのに違いない。死なないように頑張ろう、それでも死ぬときには、負けの美学がある。そんな風に考える人もいるだろう。世の中のみんながみんな、妻のような人であるわけがなく、様々な生き方をし、それぞれの美点を持っている。努力をするのが好きな人や、人と切磋琢磨することで成長する人もいる。しかし、妻の場合はそうではない。

こちらも、妻ほどではないが、勝ち負けにこだわらない方ではないかと思う。保険の営業でも、勝ち負けを気にしなくていいや、他の社員より成績が伸びなくてもいいや、と思ったときに光が見えた。

そう考えていくと、自分たちにとっての明るい光が差し込んでくる方向が、見つけられそうな気もしてくる。

「すみません。……よろしいでしょうか?」

おずおずと、小さな声で、ベッドからだいぶ離れたところから声を掛けてくる人がいる。カーテンは開けっ放しにしてあったので、その姿が見える。白いTシャツにジーンズというシンプルな出で立ちだ。年齢は妻よりも五歳ほど上の、四十代後半だろうか。「小林農園」の主人だ。最初に入院した病院に、すぐ飛んできた人だ。

妻のやっているサンドウィッチ屋「パンばさみ」は、パンを「双子屋」から、野菜を「小林農園」から仕入れている。

三ヶ月前、体調を崩して病院へ行った翌々日に、「小林農園」の主人との打ち合わせの予定を随分前から入れていたらしい妻は、やむを得ず事情を伝えて打ち合わせの延期を申し入れた。すると、「小林農園」の主人はいきなり見舞いにやって来た。まさか来るとは思っていなかった妻は、まだ自身でも病気の捉え方がわかっていなかった折のことでもあり、戸惑ったようで、見舞いを拒否したいと言い出した。

病院の入口で何度も頭を下げ、その日は帰ってもらったのだが、最近になって妻が見舞い客を歓迎するように変化し、仕事の意欲が上がってきたらしいのを見て、先週、もらっていた名刺の電話番号に連絡してみた。今更、また見舞いに来て欲しいと思うなんて、随分と虫の良いことだとは重々承知していたし、来て欲しいとは言えないと考えたのだが、こちらは「小林農園」の主人の人柄は知らないのだし、妻にしか関係作りはできないだろうことを思い、勝手にいろいろ気を回して、伝えるのを止めたり、余計なことを付け加えて伝えたりするよりは、「妻は最近、こんな調子でして……」というのを淡々と伝えるのみ、というのが良いのではないかと思い、そうした。すると、「ご迷惑でなければ、伺います」とのことだった。

「小林農園」は長野にあるらしいので、長い道のりをわざわざ軽トラを走らせたのだろう。悪いような気もしたが、それはこちらが気遣いすることではない。

「こんにちは。……あ、お掛け下さい」

さっと立ち上がり、パイプ椅子を譲(ゆず)る。

「先日は大変失礼しました。せっかくいらしてくださったのに……」

赤いチェックのパジャマに包まれた細い体を折り、頭を深々と下げる。

「いいえ。こちらが不調法で……。ごめんなさい」

同じように頭を下げる。

「さ、どうぞ、お掛けになってください。今、お茶を買ってきましょう」

再び椅子を勧めて、病室から出ようとすると、

「あ、お構いなく……」

という声が追いかけてきた。それは無視して廊下へ出て、食堂の脇にある自動販売機でペットボトルのお茶を三つ購入し、また病室へ戻った。

「ありがとう」

にっこりする。

「ありがとうございます。それでは、遠慮なくいただきます」

お茶を受け取り、パイプ椅子に腰掛ける。

「こないだ、『双子屋』さんが新作のクロワッサンを持ってきてくれたんですよ。とってもおいしかった。バターが利いていて。また新しいサンドウィッチを考えなくっちゃ。何を挟もうかな。腕が鳴ります」

パジャマの腕をぐるぐるさせながら言う。サイドテーブルの上にお茶を置き、飲もうとはしない。

「そうですか。どんなものがいいでしょうね？」

落ち着いた声で尋ねる。オレンジ色の蓋を外し、お茶をひと口飲む。

「アボカドと何かかな、と思っているんですけど、考え中です」

にっこりする。

「実は、レタスとトマトを持ってきたんです。ちょっとだけ見てもらおうと思って」

手に提げているビニール袋を持ち上げる。すると、

「わあ、ぜひ見せてください。このところ、夢に野菜が出てくるんです。野菜に触るだけでもできたらどんなにいいだろうか、って、ベッドでずっと考えていたところだったんです。緑や赤を見たいです」

顔を輝かせる。

「これです」

ビニール袋に手を入れて、小さめのレタスの玉と、少し不格好な楕円形をしたトマトを取り出す。

「わあ、いい色。食べてもいいですか？」

二つの野菜を受け取り、しげしげと眺めている。

「構いませんが、でも……」

顔を横に向けて、こちらに視線を流すので、

「洗ってきましょう」

とベッドの側に寄り、レタスの外側の葉を一枚外し、それからもう一枚取って、その葉とトマトを持って病室の入口の洗面台へ行った。こそこそと洗って、また左奥のブースへ戻る。

「ありがとう」

レタスを右手に、トマトを左手に受け取る。

「ナイフは持ってきていないんですけれど……」

ジーンズの足を両手で擦(さす)りながら、そわそわ見ている。

「病院には刃物を持ち込めないんですよ。このまま行きます」

そう言って、レタスを口に持っていき、ウサギのようにぱりぱりと少しずつ咀嚼して、時間をかけて一枚を食べ切った。

「……どうでしょうか？」

緊張した面持ちで尋ねる。

「とってもおいしいです」

にっこりする。そして、トマトに歯を立てて、ひと口囓る。

「どうでしょう？」

また聞く。

「こちらも、とってもおいしいです」

再びにっこりする。

「良かった」

ジーンズの足を軽く叩きながら、頷く。

「あの、ちょっと外へ出てきます。ゆっくりなさっていってくださいね」

会釈して病室を出た。


食堂へ移動して、持ってきた自分用のペットボトルのお茶を飲み、ひとりでぼんやりする。

「双子屋」の二人は、あのあとにも二回お見舞いに来てくれた。そのとき、少しの時間だが、やはり席を外した。家族がいては仕事の話が存分にできないだろうし、妻は仕事の関係者だけと過ごす時間を僅かでも欲しいのではないか、と想像したからだった。

「小林農園」の主人は、顔立ちがちょっと阿部寛に似ている二枚目なので、多少は不安だ。とはいえ、背は高いが猫背だし、喋り方や仕草がおどおどしているので、全体としてはかっこいいとあまり感じられないのだが……。そもそも、保険会社の仕事でも美人と遣り取りすることはある。

二十分ほどすると、病室から出てきた。食堂に向かってまっすぐ歩いて来る。白いTシャツの肩をいからせ、眉根を寄せて仏頂面をしていたが、こちらと目が合った途端、ぽろぽろと涙をこぼした。

「あんなにお痩せになって……」

しゃくり上げる。

「ええ、まあ……」

言葉尻を濁して、エレベーター乗り場へ誘導する。泣いてしまうのは仕方がないのだが、しんみりしたシーンを他の患者に見せてはあまり良くないだろう、と思った。

エレベーターへ一緒に乗り込み、下まで送ることにする。

「ごめんなさい」

籠の中で俯く。

「いえ、久しぶりに会うと、きっと見た目が違っているから、ショックですよね。毎日見ていると、ゆっくりと痩せていっているから、そこまで気がつかないのですが」

そんな風に答え、階数表示をじっと見る。

泣くなよ、と、つい思ってしまう。

でも、妻の前では一切なんの素振りも見せないでくれただろうことを思えば、そこには感謝せざるを得ない。

この前、妻のいとこがお見舞いに来て、妻に会うなりぼろぼろ涙をこぼした。「痩せた」「痩せた」と病室で連発する。いつもの生活では、「太ったね」と相手に言うことは失礼で、「痩せたね」と言うのはむしろ褒め言葉になることが多いから、「痩せた」という単語はすんなり口から出易いのかもしれない。しかし、いくら鷹揚な妻でも、自覚していることとはいえ、泣かれたり、「痩せた」と言われたりすることは、胸にこたえるのではないか。

泣こうと思って泣いているわけはない。妻を大事に思っているからこそ、どうしようもなくそのような言動になってしまうのだということは重々わかるので、それがいけないとは決して言えない。だが、こちらが泣くことを我慢して看病しているのに、他の人に簡単に泣かれてしまうと、いらいらする。

「今は、ご家族とゆっくり過ごされた方がいいですよね。ごめんなさい、お邪魔しました」

一階に着いてドアが開くと、涙を引っ込め、冷静な声に戻った。

「とんでもない。家族ではない人にもとても会いたがっているんですよ。……この前は、まだ病気を受け入れる前だったから、混乱しちゃっただけみたいなんですよ」

首を振る。

「そうですか……。それでは、お大事になさってください」

ピンク色のラインが入ったガラス張りの出入り口の前で、こちらを振り返り、深く頭を下げた。

「今日は遠いところ、本当にありがとうございました。とても嬉しかったと思います」

頭を下げ返し、見送る。

猫背の残像を目の裏に残したまま、エレベーターに乗る。上がりながら、

「なんで、またいらしたのだろう？ ああ、『近しい人間の方が泣く権利が

あるはずなのに我慢しているんだ。それなのに、遠くの人間が泣くなんて、なんなんだ』という心があったんだ。傲慢だったな」と考える。

自分だって泣きたいのなら泣けばいいのだし、「痩せた」と言いたければ言えばいいのだ。泣かなかったり、言わなかったりするのは、ただの選択で、相手との距離や、権利の有無は関係なかったのに……。

エレベーターを下りて、廊下を歩き、病室へ戻る。

ブースへ入ると、サイドテーブルに齧りかけのトマトがあるのがまず目に入った。

「これ、どうする?」

尋ねると、

「とても全部は食べられないから、持って帰ってくれる? あ、でも、もうひと口だけ……」

と答え、動かしにくい口を精一杯に開けて、がぶりと齧った。時間をかけて咀嚼し、ゆっくり嚥下してから、こちらにトマトを渡してくる。

「良かったね、長野から来てくれて。いい人だったな」

トマトをビニール袋へ入れ、口を括ってからビジネスバッグへ仕舞った。

「うん、ありがたいね。でも、お見舞いのためだけじゃなくて、ちゃんと別の仕事の用事もあってこっちに来ていたみたいだよ」

と窓の外に視線を遣る。

「そうか。……でも、疲れたんじゃない？　もし、他人と会うのが疲れるようだったら、家族とだけ過ごしてもいいんだよ、好きにしていいんだから」

改めて尋ねてみた。家族と過ごした方が……、と何人もの人から言われるので、やはり気になった。これまで、なんとなく顔色を読んで妻の気持ちを想像していたが、言葉できちんと聞いてはいなかった。

「うーん……。最初はそう思ったんだよね。『駄目な自分を見せられるのは家族だけだ。仕事関係の人の前では社会人として元気に振る舞うようにしないと』って。……でも、今は、気持ちが変わった。『元気がないまま人に会ってもいいんじゃないか』と思うようになったの。……うつる病気ではないのに、『治療に専念して表舞台には出るな、家族と過ごせ』っていう社会からの圧力を感じる。こちらとしては、会う人に対して理解も何も求めていない。ただ、会いたいだけ。それでも、元気のない人は、家や病院に閉じこもることが社会のためになるんだろうか。そんなの変だよ。……元気がなくても社会と関わりたい。元気がない社会人だっている」

休み休み、ゆっくりと低い声で、しかし、かなりはっきりとした口調で喋った。

「……うん」

話の筋をきちんと追えないままに頷く。

「『小林農園』さんはさあ、十年くらい前かな、近所のスーパーマーケットで買った野菜がおいしくてさ、その袋に『小林農園』ってプリントされているのを見て、長野まで行ったんだよ」

記憶を辿るように、視線を遠くへ遣る。

「覚えているよ。一週間くらい行ってたよな？　信州そばをお土産に買ってきてくれた」

野菜がおいしかったから長野へ行く、と突然言い出し、一週間も家を空けられた。すわ、出奔か、とどきどきしていたのだが、「契約が取れた」と嬉しげに帰ってきたのを迎え、お土産のそばがとてもおいしかったこともあり、ああ、この先はこの人を心配しないことにしよう、と決めた。

起業したばかりの頃は、サンドウィッチ屋なんて、お遊びのようなものだと思っていた。贅沢をしなければ保険会社の収入だけで十分に二人で生活できるので、趣味のような気持ちでやってくればいい、と。だが、こんなにも夢中になって社会に関わろうとすることなのだったら、収入がどうのと考えるのはおかしいのかもしれない。周りからどう思われたって構わない。世間一般の夫婦のようになるのではなく、ただの人間関係、社会人同士として一緒にいよう。二人の生活のためにサンドウィッチ屋を経営しているのではなく、社会活動としてやっているのだ。

「そうそう。最初はさ、小規模の畑だから、定期的に発送するのは無理だ、って断られてさ……。でも、結局、口説き落としたんだよ」

ふふ、と笑う。

「良かったね」

「うん、ありがとう。最後に二人で話させてくれて」

「……そうだ、耳かきしてあげようか」

思い切って尋ねる。

新婚の頃、妻に耳かきをしてもらったことが何度もあった。だが、してあげたことはない。綿棒をロッカーに仕舞ってあるのだが、あまり動けなくなってしまった今は使っていないのだろう。髪を梳かすときに見える耳の汚れが気になっていた。だが、「耳が汚れているよ」なんて、夫婦でもなかなか言えることではない。そして、「耳かきしてあげるよ」は性行為に誘うような科白にも思えてしまい、どうも言い出せなかった。だが、

「うん」

あっさりと、素直な返事を聞けた。

ロッカーから綿棒を取り出し、

「頭を向こうに倒してくれる？」

顔を触って位置を固定し、そろりと耳の穴に差し込む。思った以上に耳垢が溜まっていた。だが、やり過ぎるのは怖いので、一センチ程度しか拭わなかっ

た。まだ残っているように感じられたが、深追いはせずに止めた。

　耳には神経が集中しているという。耳かきというのは、自分の耳で行うときもかなり気持ちの良いものだ。だが、好きな人の耳かきの方が百万倍楽しい。こんなに楽しいことを、どうして今までやってこなかったのか。

「仕事相手と会ってなんになるんだろう、という思いはあるんだよ。これ以上仲良くなることはないだろうし。……でも、『仕事相手に会いたい』という感情は確かにあるんだよね」

　そんなことをふいに言う。喋られると、耳が動いてやり難い。

「仕事相手は大事だよ。自分がこの社会に存在することを許してくれる」

　手を止めて、答えた。

「だけど、家族よりも大事な人たちではないでしょう？　向こうも、家族ほどにはこちらを大事に思っていない。死んだって、家族みたいには泣かないはず。死なないとしても、この先も長くつき合っていくかどうかはわからない。でも、関係を作りたい」

　喋るとこめかみが動くのが、痩せたせいで際立つ。

「そうだな、保険の契約取るときも、そういう気持ちかもしれない」
頷いて、反対側の耳に移った。

あちらこちらに紫陽花（あじさい）を見かけるようになった。青いのや、赤いのや、青と赤の混じり合ったのや、白いの。紫陽花の色は土が酸性かアルカリ性かによって決まるという。

世の多くの花が、人の気持ちを高揚させる。しかし、紫陽花は花びらではなく萼（がく）の部分が鮮やかに色づくからだろうか、派手さがなくて、見ているこちらをむしろ落ち着いた気分にさせる。

病院に生花を持ち込めないので、久しく妻に季節の花を見せていない。妻はもう、季節というものが流れているということを忘れてしまったかもしれない。初めの頃は、院内へも季節の風を吹かせることが妻の喜びに繋がるのではないか、と考えていた。だが、この頃は、妻の前で季節の話をすると、こちらだけが季節を味わっているを自慢しているような、妻がいなくても季節は巡るということを肯定しているような、そんな科白になってしまいそうで怖くて、口を噤むようになった。

土曜日にいつものごとく病院へ行き、ナースステーションの前で名簿に記入をする。妻の母の名前があるので、先に来ているようだ。その下に自分の名前を書いていると、

「あ、この前、先生とお話ししたいというご希望を伺いましたが、二時くらいに先生が時間を作れるそうですから、こちらへいらしていただければ……」

と話しかけられる。おかっぱ頭の新米の看護師だ。

「あ、はい。わかりました、参ります。よろしくお願いします」

そう答えて、番号札を首から提げ、病室へ向かう。

この病院の担当医とは、三度ほど話した。三十代前半と思われる女性だ。低い声でざっくばらんな口調で話す、老成した雰囲気を持っている人だ。仕事熱心な医者のようだ。

ただ、どうしてだか、「上から話されている」といつも感じる。丁寧に説明

をしてくれようとする感じが、こちらからすると下の人間として扱われていると思えてしまう。

妻は、「よく病室を覗いて、『いかがですか？』と尋ねてくれる。この間は、他県での学会のあと、夜中に戻って来て診てくれた」と言っていて、感謝しているらしかった。「上から話されている」と感じるのは、やはり、こちらの感受性の問題なのかもしれない。

本人を交えて家族みんなでその医者の話を聞いたのは、転院してきた際に外来で診察してもらった、最初の一回のみだ。それも、一瞬だった。まず妻を診て、本人と家族に向けて簡単な経過の説明をしたあと、先に妻を外へ出して看護師に病室へ連れていかせ、家族だけが診察室に残された。妻の母と二人で、医者の話を聞いた。

そのときに、

「あと一ヶ月と思ってください」

と言われた。それくらいだろうという覚悟はしていたが、前の病院では余命を言われず、数字もまったく出ていなかったので、実際には顔にも出さなかったが、「頼んでないのに、言わないでくれよ」と心の中で反駁した。余命を聞きたいかどうかを、こちらに尋ねてからにして欲しかった。聞きたくないことを聞かされたことで、患者側ではなく、医者側のストーリーが始まったように感じられた。

それから一ヶ月が過ぎ、先週、看護師に、

「先生から、ご家族の方にお話があるそうなので……」

と呼ばれて行くと、ナースステーションの片隅に医者がパソコンを開いて座っていた。レントゲン写真や血液検査の数値を見せられながら、妻の母と二人で経過についての説明を聞かされた。

「余命よりも長く生きることはよくあるのですが、決して治ってきているわけではないんです。小康状態が続くと病気が癒えてきているのだと勘違いしてしまうご家族がいらっしゃるのですが、今は治療を施していないので、抗がん剤治療をしているときのような悪い状態に陥ることがないというだけなんです。

良くなっているわけではないことをご理解いただき、たとえば、やり残していることがあったり、家へ一度帰ったりといったご希望がある場合は、なるたけ早くそれをしてあげた方がいいです」

落ち着いた低い声で言う。それは重々承知していることだったのでスルーして、

「あの、お伝えし忘れていたことがあるんです。前の病院で『延命治療』についての意見を聞かれて、本人に確認を取ったところ、『延命治療』はしないという方針でお願いすることになったんです。それで、前の病院では同意書に署名をして提出したのですが、その同意書はその病院内に限るものとのことで、病院ごとに伝えてくださいということだったので……」

言おうと思っていたことを言った。

「うちの病院では同意書などの形式を取っていないんです。ただ、『延命治療』に対して、そういうご意向があることは承知しました。もしもご家族がいらっしゃらないときに緊急の事態に陥っても、こちらの判断で人工呼吸器などの処置を施すことはありませんから」

医者の言う「延命治療」とは、心肺停止時に人工呼吸器などの一時的な措置によって命を少しだけ延ばすことを指している。それを知ったのは、前の病院でのことだった。

それまでは、「延命治療」という言葉に馴染みがなかった。医療用語の捉え方を、こちらが医療従事者とまったく同じ感覚にチューニングする必要はない、という気がする。だから、がんに対する治療も「延命治療」という言葉の範疇のような感じがしていた。たとえば、『「延命治療』をしない」という科白の響きには、がんの治療に対して前向きではなく、静かに死を待ちたい、という雰囲気が漂っているようにも感じられた。しかし、医者たちがこのような場合にこちらに向かって言う「延命治療」は極めて限定された意味だった。

どうやら、「延命治療」を施したあとに意識が回復することはないとされていて、それに、亡くなるときを少しだけ延ばすことはできても、「長く生きる」ということはまずないらしかった。昔は、本人や家族の意思を確認することなく、医師が「一分一秒でも患者を長く生きさせることが務めだ」という職業意識から、心肺停止後、すぐに人工呼吸器を取り付けることも多かったようだ。

　だんだんと本人や家族の意向が重要視される時代に移ってきて、今ではほとんどの場合、患者、あるいは家族が決定をする。最近では、「『延命治療』はしない」という選択をする人が増えているらしい。「だから、万一の場合を考えて、一回でも緊急の事態に陥った患者さんには事前にどのような意思を持っているか確認をすることにしています」と前の病院では言われた。

　前の病院で、その説明が行われたのは、血中の酸素濃度が下がって意識を失い、夜中に家族が緊急に呼び出された四月だった。タクシーで駆けつけると、妻は意識を失って、体中が管だらけになっていた。機械で呼吸や心拍を観察されていた。妻の母と元上司が到着すると妻は目を開け、危険なときを脱したのだが、ＩＣＵの中でせん妄の状態に陥ったまましばらく過ごした。本人の意識が朦朧（もうろう）としているので、医者は廊下に家族を出させ、家族に対して説明をした。説明を聞いたあと、妻が同じ説明を聞いたら、おそらく「『延命治療』は受けない」と言うだろう、と予想された。でも、家族だけが説明を受けるのは違うと感じ、今すぐの判断が必要ならば「延命治療」は受けない方針ということでお願いしたいが、このあとに回復するのならば、できることなら本人の口から意思を伝えて欲しいと思うので、本人がいつもの状態に戻るのを待って、もう一度同じ説明を本人に対してしてもらえないだろうか、と頼んだ。妻の母と元上司は、横で黙っていた。

そのときの妻は、丸一日ほど、ＩＣＵ症候群と呼ばれる、頭がぼんやりとした状態のままで、自分の状況をきちんと把握することが難しいようだった。簡単な問いかけにも、わけのわからない答えが返ってきて、まるで夢の中にいる人のように見えた。

「このような状態のときには、意識が混濁して、自分で管を外してしまうことがあるんです。なので、手にミトンをはめてもよろしいですか？　ご本人は嫌だろうとは思うのですが、管を外してしまうととても危険なので……」

看護師に言われ、妻の母と元上司と一緒に承諾した。鼻に酸素の管、腕に点滴、尿道にカテーテルが差し込まれていて、体が管だらけな上に、手にミトンをはめさせられた姿は痛々しく、人間らしさが薄くなって、屈辱的な環境に貶(おとし)められているようにこちらからは見えた。でも、「では、管に繋がれていなければ尊厳のある状態なのか」と改めて考えると、そんなに単純なものではない気もしてくる。「自然な状態」という既成の理想を頭に置いて、「見ていられない」とこちらの勝手な感性で捉えるから、尊厳がないとか自然ではないとかといった感覚を味わうだけのことかもしれない。

看護師の予言通り、妻はしきりにミトンを外したがって、何度も「邪魔だ」「取りたい」と訴えたが、

「明日の朝まで、我慢してくださいね」

となだめられ、夜通しミトンをはめたままで、あまり眠れなかったようだ。

翌日、意識が少しずつはっきりしてきて、ミトンは外されたのだが、まだ危ない状態とのことで、元の四人部屋ではなく、個室へ移された。そして、夜は誰か家族ひとりが付き添いで泊まっていくことを許された。

「じゃあ、泊まるよ」

と言ったのだが、なぜだか妻は、それを断った。そして、妻の母に泊まってもらうことを望んだ。

そのため、妻の母は妻の横に簡易ベッドを出してもらい、病室に一泊したの

だった。看護師がしょっちゅうやってくるし、簡易ベッドの寝心地は悪いしで、ひどく疲れたという。やはり、若い者が泊まった方がいいのではないか、と思ったが、妻の希望なのだからどうしようもない。拒まれたことは、正直なところ、ショックだった。理由もわからなかった。

病院には、基本的に午後一時から七時までしかいられないのだが、こんな感じの危険な状態にあるときに限り、時間外の見舞いが許可されるようだった。ナースステーションで許しを求めると、「明日は午前中にお見舞いに来てもいいですよ」と言われた。

宿泊はできなくても、午前中にやってきて、医者や看護師の仕事を邪魔しないよう、壁や椅子に同化しながら、ただ見守っていた。

三日後に、あの黒縁眼鏡の中年の医者が、いそがしい中で時間を割いてくれ、「延命治療」についての説明を本人に向かってした。妻は、

「『延命治療』については、二、三年前に新聞で読んで、自分は受けないということを、すでに決めていたので、受けません」

と答えた。その声を、妻の母と元上司と一緒に、三人で聞いた。

本人の口から意思を……、と望んだとき、それは妻の母と元上司が、本人の口から出た言葉を聞いておかなければ、実際に「延命治療」を受けないで死んだときに、納得し難いのではないか、と思ったということもあった。自分が、「がんの治療をしない」という科白と、『延命治療』をしない」という科白のイメージの近似に戸惑うのと同じように、妻の母と元上司も、長く生きることに拘っていないようなイメージを科白から喚起されてしまうのではないかという危惧を抱いた。おそらく、妻はがんの治療はしたいのだ。手の施しようがなくなったらそれを受け入れるが、「がんの治療はしない」という選択を最初からするほどの気持ちはないはずだ。それと、「延命治療」はまったく別の話だ。『延命治療』は、どんなシチュエーションでもしない」。妻が、「新聞で知っていた」というフレーズを交えてそれを発したので、妻の母と元上司もこちらも、それを上手く納得できたような気がした。

妻は病院の規定の同意書にサインをして、看護師に渡した。

そのあとに回復したのだが、また同様に危ない状態に陥ることが二度起こり、家族が呼び出された。

危ない夜に宿泊するのは妻の母、という役割が固定してしまって、妻の母は年齢的にきつかったはずだが、病院側から泊まっても良い、と許可されたときは必ず泊まっていた。

この病院に転院をしてきてからは、呼び出されたり、泊まったりということは起きていなかった。

病室へ行くと、はたして妻の母がいた。

「まあ、いらっしゃったわ。こんにちは」

妻に微笑んで、それからこちらを向いて軽く頭を下げる。緑色のカーディガンを羽織り、茶色いタイトスカートを穿いている。

「こんにちは。……来たよ」

ぺこりとお辞儀してから、片手を挙げた。

「来たか」

青いストライプの半袖パジャマから出ている骨ばった腕を曲げ、小さく片手を挙げる。

「お仕事大変なのに、どうもありがとうございます」

緑色のカーディガンの首元を合わせながら言う。

「あの、二時から先生がお話をしてくださるそうなので、一緒にナースステーションへ行きませんか？」

と誘うと、

「あら、そうですか。それじゃあ、時間になったら、ちょっと行ってくるわね」

ベッドの方を向く。

「悪いね」

と頷いている。

「経過の説明を聞いてくるよ。聞いたことは、あとで全部教えるから」

やはりベッドの方を向いて言った。

「じゃあ、待っているね。……さて、顔を洗おうかな」

サイドテーブルを自身に引き寄せる。

そこで、いつものように洗面器とタオルを用意して、顔を洗うのを手伝った。

妻の母の前なので、なんとなく髪を梳かすのまでやるのは悪いように感じ、顔を洗うところまでで、手伝うのを止めた。

二時三分前に、妻の母と連れ立ってナースステーションへ行く。

担当医がいたので、頭を下げる。看護師が用意してくれたパイプ椅子に腰掛けた。

「家へ帰りたいというお気持ちはないですか？」

まず聞かれる。長く黒い髪をひっつめのひとつ結びにして、化粧気のない凜々しい顔をしている。白衣はピンクがかったものだ。この病院の規定なのだろう。看護師たちもみんなピンクがかった制服だ。

「本人に確認したところ、『帰りたい気持ちがないわけでもないが、帰ったら大変だし不安だから、やっぱり病院にいる』とのことなんです」

と答えた。

医者は頷いてから、またレントゲン写真と血液検査の結果を見せ、良くなってはいない、といういつもの説明を始める。

かなり噛み砕いて喋り、時間をかける。

専門用語や難しい言葉を簡単な言葉に言い換えたり、たとえ話を使ったり、物語仕立てにして説明して、聞き手に受け取りやすく努めてくれていることが感じられる。

確かに、専門家ではないこちらとしては、易しい言葉で話してもらえるのは助かる。医者の言っていることをできるだけ理解して、対話をしたいと望んでいるからだ。そう、最終的にこちらが望んでいるのは対話であって、医者の考えていることとの一方的な理解ではない。そもそも患者やその家族は、医者側が用意している物語に合わせて過ごしていきたいと思ってはいない。患者側には患者側の物語がある。

ひと通りの説明が終わり、横を向いて妻の母に、

「何かご質問があったら……」

と促し、

「……いいえ、何を聞いたらいいのかわかんないから。ありません」

と首を振るのを見届けてから、

「今日は、おいそがしい中、お時間をくださってありがとうございました。……それで、あの、先日、『延命治療』を希望しないということをさらりとお話しさせていただきましたが、本人も家族も、希望を失っているわけではなく、ぎりぎりまで生きたい、できるだけ長く生きたい、ということは思っておりますので、どうぞよろしくお願いします」

と頭を下げた。

「あ、ということは、上手く説明が伝わっていないようですね。大変失礼いたしました。もっと時間を取って、丁寧に説明すれば良かったですね。今は、治療をしていませんから、がんの進行を止めることはできていないんですね。患者さんによって、早く進んでしまったり遅く進んだりとスピードがそれぞれですが、進行が止まるということはあり得ないんです。こちらも上手く説明ができなくて、ご理解が難しいかもしれないのですが……」

また説明が始まったので、

「あ、いえ、こちらは、説明を完全に理解しています。病が進行していることは認識しています。また、今こちらが申したことが、今の先生の話と関係しないということもわかっています。ただ、先日は、先生のお話を拝聴しただけで、こちらのことは何も話せませんでした。こちらは、『延命治療』をしないというということだけをさらりとお話しして、治療というものに対するスタンスを伝えることができていなかったものですから、本人も家族も希望を持って治療に臨んでいるのだということを、先生に一度お伝えしてみたかっただけです」

遮(さえぎ)って喋ったが、

「もしも、希望を抱かせるような話をしてしまっていたようでしたら、大変失礼しました。ただですね、現在行っているのは痛みを取るもので、治療ではなくてですね、今は腹水も溜まってきていて……」

こちらの思いは何も伝わらず、なおも同じ説明を続けようとするので、

「いえ、さっきも申した通り、あの、お話ししていただいていることは、こちらは理解していて、単純に家族としてはこう言いたいというのを先生に聞いていただきたかっただけで……」

と口を挟む。

「こちらとしても、どのくらい持つか、お伝えして、ご準備いただき、危ない

ときはすぐに連絡をしたいと思っているのですが、判断できないこともあります」

死に際を見るために家族が毎日病院に来ている、という認識だけを持たれているのだろう、と察し、

「あの、その瞬間を目指して看病しているわけではないですから」

と言った。すると、

「そうですか」

と首を傾げる。

「あの、決して、その瞬間に側にいたくて気にしているわけではなくて、……いえ、おいそがしい中、お時間をくださってありがとうございました」

もう途中で諦め、頭を下げた。それに合わせて、

「いろいろご丁寧にありがとうございました。どうぞよろしくお願いいたします」

茶色いタイトスカートの裾を直し、席を立った。

「ありがとうございました」

こちらも同じように頭を下げ、あとに続いてナースステーションを出た。

「何かご質問がありましたら、またなんでもお尋ねください」

と見送ってくれる。

……希望を持っていること。なぜそれを医者に伝えたくなったのか。

続いていくもの、先にあるもの、未来。妻の母だって、こちらだって、続いていくことを信じようとしている。本人や家族が、「希望を失っていない」と医者にも会社の同僚にも伝えたい、という欲望がある。

未来がもうすぐ消えることは知っている。だが、未来が消える瞬間を見届けたくて今を過ごしているわけではない。希望を持って、ただ毎日を暮らしたい。未来を見ないで前向きに明るく過ごす方法もあるのかもしれないが、まだわからない。

こういう気持ちを、どう伝えたらいいのだろうか……。医者に理解を求めるのは酷だろうか？　しかし、こちらばかりが医者のストーリーや医学用語を一方的に理解することを求められるのはつらい。

妻の母が何をどう捉え、どのように考えているのかも霧に包まれていた。

妻の口から「『延命治療』はしません」という科白が出たのを、妻の母と元上司と聞いた。そのとき、元上司はすぐに納得したような表情を浮かべたが、妻の母はぼんやりとした顔で元上司の方を見てから、何かしらをぐっと堪えた風に俯いた。

それから一週間ほど経った日、見舞いの帰りに廊下を一緒に歩いていたら、「本当に『延命治療』をしなくていいのかしら」「おじいさんのときはしたけれど……」「でも、あの子の言う通りにするしかないから……」「どうしてちょっとでも長くと思わないのか……。どんなにお金がかかっても構わないのに」と妻の母がつぶやいた。妻の母の親世代では、「延命治療」をする方が一般的だったのだろう。自身の両親に対しては、人工呼吸器を取り付けたという。それで、何かしら、娘の判断をすんなりとは受け入れられないものを持っているのかもしれない。妻が諦めの気持ちで治療に臨んでいるわけではないことを、医者のいる席で、妻の母にきちんと伝えたかった。「『延命治療』はしません」という言葉が、諦念の言葉として妻の母の耳に響いている気がした。「一分一秒でも長く生きたいとは思っていない。家族に迷惑をかけずに、人間らしく死にたい」と妻が思っていると、妻の母が誤解していたら、それは拭うべきであるように思える。おそらく、妻は「一分一秒でも長く生きたい」と思っている。治療をして長く生きるつもりだと思う。ただ、「延命治療」は、がんの治療ではない。だから、「延命治療」をしないだけだ。「『延命治療』は、たとえそれで一分長生きしても、本当の意味での長生きにならないから、意味がない」と判断しただけで、がんの治療があるならやりたいのだ。もちろん、こちらだって、妻の真意はわからない。しかし、たぶん、そうだと思う。だが、この「たぶん」を、こちらから妻の母へ伝えるのは僭越だ。

だから、第三者を交えて話したかった。医者の口から伝えて欲しかった。

ともあれ、死の瞬間を、大事な時間のように捉えたくない。死の瞬間なんて重要視していない、それのために見舞いに来ているのではない、今のこの瞬間のために見舞っているのだ、と医者にもみんなにも声高(こわだか)に訴えたい。

マラソンをしているとき、テープを切る瞬間は特別かもしれないが、その瞬間を見守っている人たちだけが選手にとって大事な人ではないだろう。練習につき合った人、スタートの背中を押してくれた人、沿道で応援してくれた人、どの人も大事に違いない。そして、走っているすべての瞬間がきらめいていたはずだ。ゴールの方向に向かって生きているのかもしれないが、ゴールの瞬間だけが光っているわけではない。

ただ、様々な考えを頭の中で巡らせたところで、本人とも本人の周りとも、思考を共有することができない。

こんな風にいろいろ考えても、誰とも何も共有できないし、理解したりされたりもできないのだから、意味なんてないのかもしれない。医者に患者や家族の思いを伝えよう、妻の母に妻が希望を失っていないことをわかってもらおう、と思ったのも、きっと傲慢だった。徒労だったと思う。

「たいした話じゃなかったわよ。この前とおんなじ」

先に病室へ入り、枕元の横にパイプ椅子を寄せて座って、タオルケットから出ている細い手を握り、そう声をかけている。

「あ、そう。悪いね、何度も話を聞いてもらって」

にっこりして答えている。細い腕はところどころ内出血をしていて、紫色に淀み、しわしわに固くなっている。点滴の針を刺せる場所がだんだんなくなってきている。看護師によると、血管がぼろぼろになっていて、針を刺し難いのだそうだ。腕に刺せなくなったら、次は足にするとのことだった。

「お昼は何食べた？」

尋ねながら、足側のパイプ椅子に腰掛ける。

「ごはんと、蒸した魚と、プリンが出たけどね。ごはんと魚は残して、プリンしか、今日は食べられなかった。何を食べた？」

天井を見上げながら答える。

「とろろそば」

駅の構内にある立ち食い蕎麦屋で食べた。

「昨日の残りの冬瓜と挽肉の炒め物を冷やごはんに載せたわ」

家で、夕食の残りを食べてきたのだろう。

「あ、いいなあ。冬瓜と挽肉の炒め物。あれ、子どものころよく作ってくれたよね。冬瓜がとろっとした食感でさあ」

と目を閉じる。

「じゃあ、今度作って、持ってきてあげるわね」

と顔を覗き込む。

「うん、ありがとう」

にこにこする。

そこで、カーテンがふわりと揺れ、

「あの、お邪魔ではないでしょうか?」

髭(ひげ)を生やしたしわだらけの顔が出てきた。

「来てしまいましたが」

もうひとつ出てくる。こちらは日焼けした精悍な顔だ。

「まあ、いらっしゃいませ」

青いストライプのパジャマの衿を直して、背筋を伸ばそうとする。

やって来たのは、二人連れの男性の見舞い客だった。

ひとりは七十代後半と思われ、ステッキをつき、臙脂(えんじ)色のチョッキを着て、ループタイを締めている。

もうひとりは二十代中頃に見え、ワンショルダーバッグを肩にかけ、開襟シャツを羽織り、ハーフパンツを穿いている。

「どうぞ、こちらへお掛けください」

茶色いタイトスカートの裾を直しながら立ち上がり、手の仕草で招き入れる。

おそらく、この二人が誰なのかはわからないだろうと思う。

「あ、どうぞ、お掛け下さい」

やはり誰なのかまったくわからないのだが、一緒に立ち上がって、椅子を譲った。

「『パンばさみ』の長年のファンなんですよ。女房に先立たれてから自分で台所に立つようになって、腕も結構上がったんですけど、ときどき、自分ではない人の手による料理が食べたくなるもんですねえ。だけれど、フレンチレストランへひとりで入るのは気後れするし、量もそんなにたくさんは食べられないし。チェーン店は味気ないですしねえ。『パンばさみ』を見つけてからは、週に二、三回は行くようになりましたね。完璧なんですよ。パンとバターと具の割合が。決められた量で作ってるんじゃあないんだと思うんですよね。おそらく、目の前にあるパンだとか具だとかを見て、センスでバターを塗って、挟んでいるんだと思うんです。パンだって野菜だって、その日によって違うでしょう？　天気の影響も受けるし、パン屋や農家の気分にもよるだろうし。だから、手作りサンドウィッチって、ひとつひとつ、パンの大きさや具の大きさが違うんでしょうね。『おいしいのを作ろう』と強く思いながら、パンを切ったり具を挟んだりするっていうのがミソの仕事で、チェーン店がマニュアルに従って同じものをたくさん作るのとは違うんでしょうねえ。で、ひとつひとつちょっとずつ違うんですが、『パンばさみ』の店頭にあるサンドウィッチのどれを選んでも、味が完璧なんですよ。だから、センスなんだろうな、ってね。パンを見て、具を見て、『こんな具合に挟めばおいしくなるだろうな』っていう感覚が素晴らしいんでしょうねえ。パンに具を挟むだけで、こんなに人を幸せにするなんて、たいしたものですよ。それと、『パンばさみ』のサンドウィッチは小さめのサイズのものが多いから、年寄りにはありがたいんですよ」

ステッキをついたまま膝をゆっくりと曲げて、パイプ椅子に腰を下ろす。

「朝、通勤途中に買って、会社でランチに食べているんですよ。毎日の楽しみです。季節ごとに変わるメニューも嬉しくって……」

同じように隣りのパイプ椅子に腰掛けながら、日焼けした頬を光らせて笑う。

「まあ、嬉しい。また、頑張ってサンドウィッチ作りますね」

ベッドの縁に掛けてあったタオルを首にぐるりと巻きながら微笑む。鎖骨の辺りがえぐられたように痩せてしまったので、そこを隠そうと思ってのことかもしれない。

「ポテサラサンドなんて絶品でねえ。ポテトサラダには芥子(からし)が利いていて、人参や胡瓜がちょうど良い案配に混ざっていてね。手作りマヨネーズも素晴らしい。それと、ぱりっとしたレタスが挟まっていて。あれね、たぶんレタス一枚一枚を随分と丁寧に拭いていらっしゃいますでしょ？　自分でサンドウィッチ作ると、レタスが濡れているせいか、パンまでしんなりしちゃうことだってありますからね」

ループタイの位置を直しながら、そんな風ににこにこ喋る。

「うふふ」

照れ笑いをして、耳に髪を掛ける。

「カツサンドもおいしいんですよ。あれ、トンカツソースというより、しょう油っぽい味のするソースですよね？　手作りのさらっとした薄味のソース。それと、千切りキャベツの太さが絶妙で。洋食屋さんが出しているサンドウィッチとはちょっと違いますよねえ？　ヴォリュームはあるんだけど、がつんと来るんじゃなくって、優しく包み込んでくれるような……。パンの甘みとトンカツの脂が相まって、がぶりと噛むと、本当にハッピーになるんですよ。『よーし、午後の仕事も頑張ろう』って。今日は会社、休みなんです。『パンばさみ』に通っているうちに、こちらの方と友だちになりまして、誘っていただいたので、一緒にお見舞いに来ました」

ハーフパンツから伸びる長い足は筋肉質だ。趣味で何かスポーツをしているのだろう。

「ありがとうございます」

ぺこりとお辞儀する。

「『パンばさみ』のおかげで、日常に楽しみが増えましてねえ。『パンばさみ』

のある商店街へ行くために、ちょっと遠回りして散歩して、今まで知らなかった道に出たり、新しい店を発見したりもしましたよ。『パンばさみ』に出会う前は、誰かとの食事は幸せ作りになるけれども、孤食はただ腹を満たすためのものだと思っていました。でも、ひとりで食べるのも、幸せ作りだったんですねえ。『パンばさみ』のサンドウィッチを家で食べるときは、必ずお気に入りの皿に移してから食べることにしているんです。それは、昔、女房とヨーロッパを旅したときにロマンティック街道の骨董店で買った皿でしてね。もう三十年も前になりますかね。ペアで購入したので、ひとつは仏壇に置いているんです。古い皿です。レコードをかけながら食事するんですよ。モーツァルトなんかですね、ほら、あの人の曲って生の喜びが溢れて、単純にわくわくしているようなのが多いでしょう？　楽しくなるんですね」

しわしわの手を丸く動かして、皿を表現する。

「そういうの、わかりますよ。会社の机で食べることが多いんです。前は、ランチと言えば、『午後の会議で腹が鳴らないように』って詰め込んでたんですよ。食事なんて、夜にデートするときに楽しむもんで、仕事中に食べるのはエサだ、って。でも、『パンばさみ』のサンドウィッチは、会社の机で誰とも会話せずに食べても、幸福感が湧くんですよねえ」

つやつやの顔を輝かせて続ける。

「新作を考えているんですよ。このあいだ、『双子屋』さんがクロワッサンを持ってきてくれて、それから『小林農園』さんがレタスとトマトを持ってきてくれて。どちらも、ものすごくおいしかったんです。ここにいるから、包丁もまな板ももう随分触っていないんだけれど、頭の中には常に包丁もまな板もあるんですよ。だから、想像上では、もうクロワッサンを切って、レタスとトマトを挟んでいるんです」

と目を閉じて言う。

「おお、それは、おいしそうですなあ」

目を細める。

「楽しみにしています」

頬をきらきらさせる。

「さあ、あんまり長居するのもあれですから……」

ステッキに力を入れて、立ち上がる。

「ええ、そろそろ失礼しましょうか？」

ワンショルダーバッグの位置を変えて、同じように立ち上がった。

「本当にありがとうございました。寝たままで失礼します」

深々と頭を下げる。


二人をエレベーター乗り場まで見送って、病室へ戻ってくると、

「まあ、ちょっとだけどね。わかってきたような気がするね。家族が一番大事だとしても、家族と過ごすことが重要なわけではない、っていう感じでしょう？　これまでも遠い関係の人たちから、随分と支えられてきたんでしょうね……」

緑色のカーディガンに包まれたなで肩が、僅かに震えているように見えた。

「うん、まあ、そうだね。……ごほっ、ぐうぉほっ」

頷いたあと、突然、むせ始めた。

「どうした？」

急いで近寄る。

「看護師さんを呼びましょう。ナースコールを押して」

と言われ、従ってボタンを押す。

「どうしましたか？」

スピーカーから声が聞こえる。

「痰が絡んでしまったのかもしれません」

マイクに口を寄せて答えると、

「はーい、すぐに行きます」

と返ってきた。すぐに、薄ピンク色の制服を着た二人が現れた。

吸引をすることになる。

これまでにも何度か、吸引は行われてきた。痰が絡んだり、食べ物が詰まったりしたときに、喉へ管を入れて、吸い込む。これをされるとき、妻はひどく苦しがる。見ている限り、する方もされる方も、かなりつらい作業のようだった。

家族の前では看護師がやり難いだろう、と察し、妻の母と一緒に廊下へ出た。

十分ほどして、

「終わりました」

と看護師が出てきた。

「ありがとうございました」

礼を述べ、入れ違いに病室へ入る。

「大変だったね」

声をかけると、

「大変なんてもんじゃない。こりゃ、地獄だね」

そう言いながらも、口の端をきゅっと上げて、ちょっと笑っている。体力をかなり消耗したようで、顔色は数分前に比べて随分と黒っぽくなっている。

「そうか」

頭に手を当てて労ると、

「うん。……少し寝る」

小さな声で言って、目を閉じる。すぐに寝息を立てる。

このところ、眠っている姿を見ると、妻の頭蓋骨の形をはっきりと想像できるようになった。目の周りの肉が落ちたので眼球の入っている穴や、頬がこけたので頬骨の下のくぼみが、くっきりと浮き出るのだ。息をしているかどうか、耳を澄ませたくなる。

すーっ、すーっ、と寝息を立てている。

一時間ほど妻の母と二人で黙ってベッドを囲んでいたが、まったく起きそうになかったので、

「そろそろ帰ろうかしら。明日、また来ます。どうなさる？」

エコバッグを持ち上げ、こちらを見る。

「あと、もう一時間ほどいます」

そう答える。すると、

「ありがとう。気をつけて帰ってね」

はっと目を覚まして、しわしわの腕を出して手を振る。寝ていても、声は聞こえるのだろうか。とても眠りが浅いのだろうか。睡眠と覚醒の間にある板が薄くなって、起きていても寝ているような、寝ていても起きているような感じで過ごしているのかもしれない。

妻の母をエレベーター乗り場まで送って戻ってくると、また妻は瞼を閉じていた。

この分だと、夕飯は食べられないかもしれない。でも、あと一時間くらいは寝姿を見ていようと思う。

三十分ほどすると目を開けた。

もう話せなかったらどうしよう、ということを頭蓋骨の形を視線でなぞりながらつらつら考えていたので、

「言っておきたいこととか、やりたいこととか、会いたい人とかがあれば、聞くけど。会いたい人がいるんだったら、連れてくるし」

勇気を出して尋ねてみた。

「言い残したことはない。しいて言えば、ありがとう、かな？　でも、一応、毎日言っているし、まあ伝わってるでしょ。やりたいことと会いたい人は特にない。思いつかないし、このままで、別にいい」

と返ってくる。

確かに、妻は、妻の母が帰るときはもちろん、誰が帰るときにも、「ありが

とう」と必ず言う。寝ていても言う。それ以上に言いたいことは本当にないのだろう。

どうして「ありがとう」と、そんなに言いたいのか。実際に深く感謝をしているからか。あるいは、「ありがとう」と言える自分でいたい、つまり、最後までせいいっぱい人間らしく過ごしたいということなのか。

今は、多くの人が病院で生まれ、病院で死ぬ。それを味気ないものと捉えがちだ。「帝王切開ではない自然な出産で、自宅や助産院で家族の立ち会いの下に生まれる。そして、平均寿命を越えるまで生きたあとに老衰で、畳の上で家族に囲まれて死ぬ」という定型の理想を、少し前まで、なんとなく信じていた。だが、こうして妻と過ごしているうちに、そういう理想に拘泥する必要はないように思えてきた。

生と死は本当に家族だけのものなのだろうか？　社会が成熟して、人間は多くの他人に支えられて生きるようになった。窮地に陥ったときの金銭の助け合いは、昔なら親戚同士のみで行われたのだろうが、今は他人からも援助が得られる。看病やサポートも、家族が行うとは限らない。金を払って、他人からサービスを受けることもよくある。はかない関係の人と手を携えて日々を営んでいる。会社や病院といったものが、家よりも冷たい場所とは言えなくなってきているのではないか。

頭をそっと撫でてみる。フケがだいぶ出ている。妻の頭は、骨の上をぴったりと皮が覆っているような触り心地がする。

「そうだ、頭をちょっと洗ってやろうか?」

と尋ねてみる。

「うん」

と言う。

水を使わない、介護用のシャンプーをタオルに付けて、頭皮を軽く拭く。体力を消耗させるにしのびないので、体勢は変えさせず、汚れは深追いせずに、軽く拭うだけだ。

こんな風に、こまごまと妻の世話をしていると、横隔膜の裏の裏辺りからふつふつと喜びが湧いてくる。妻にとっては苦しく恥ずかしい時期かもしれないが、こちらにとっての今は、幸せな時間だ。こんな日々がずっと続けばいいのに、とつい願ってしまう。このままずっと、病院で看病をしながら、永遠の時間を過ごせたら良いのに。

駅前にある公園の小さな池で、蓮（はす）の花を見た。ピンク色のと、白いのと、二つ咲いていた。もう七月だ。

あれから二度ほど、妻が危険な状態に陥り、妻の母は病院へ二回泊まり込んだ。

昨日も危ない状態になり、妻の母が泊まっていった。これで妻の母は、前の病院で三回、今の病院で三回、計六回病院というところに宿泊したことになる。

今日は、「午前中に見舞いに来ていい」という許可が病院から下りたので早めに行くことにし、妻の母には電話で、

「午前中に病院へ行くので、一度家へ帰ってお休みください」

と伝えた。

「そうさせていただくわね。簡易ベッドじゃ、全然眠れないんですよ。看護師

さんがしょっちゅう出入りするし、薄明るいし。あの急変が収まったあとは、特に変わったことは起きなくて、いつもの状態に戻ってきているようよ」

とのことだった。

だが、会社の上司へ午前中の会議の欠席を願い出ると、

「今日の会議は重要なんだよねえ……。どうしても難しいだろうか」

と言われてしまった。

仕方なく会議へ出席し、十一時に終わったあと、急いで電車に乗り、バスを待つ時間ももったいなかったので、贅沢だがタクシーを飛ばして病院へ向かった。

十二時前に病院へ着き、いつものようにナースステーションで名簿に名前を書き、番号札を首から提げた。ナースステーションのすぐ横にある個室へ移っているので、目の前が妻の病室だ。

覗くと、吸引をされている最中だった。このところよく世話になっていた新米の看護師が行っている。家族が入っていくと緊張して手元が狂うかもしれないと思い、遠慮して廊下で待つ。しばらくして、その看護師が出てきたので、

「ありがとうございます」

と挨拶した。

「痰が絡んでいたものですから……」

とおかっぱ頭を下げ、新米看護師は去る。

病室へ入る。

「来たか」

じっとしたままで、掠れた、かなり小さなヴォリュームの声を出す。

「来たよ」

いつものごとく片手を挙げる。

「顔を洗おうかな」

と言うので、これまでのように洗面器を用意する。手を動かすのも、顔を動かすのもつらそうなので、ほとんどこちらで行う。タオルを湯で濡らしてそっと拭き、洗顔フォームをごく薄く付けてまた拭う。

「耳の後ろを拭くね」

と声を掛けると、幽(かす)かに頷く。左耳の後ろを拭く。

「右側の耳の後ろも拭くね」

と言うと、ほんの少しだけ左に顔を傾ける。そこで、右耳の後ろも拭く。

「昨日は寝られた？」

と尋ねると、僅かな動作で首を振る。

「そうか。大変だったね」

髪を撫でて労ると、

「大変」

ほとんど声にならない、息だけのひそひそ声で答える。

「首のところも拭くね」

パジャマの衿を広げて、そっと拭く。心電図モニター等の管がいろいろ付いているので、これまであまり触らないようにしていたのだが、汚れているのがはっきりわかるので、気持ち悪いだろうと思い、拭くことにした。衿を広げると垢がふわりと飛ぶくらいに汚れがある。凹んだ鎖骨のところにタオルをそっと這わせる。胸が動かない。どうも変だ。息をしているだろうか。していないような気がする。と思って耳を澄ませると、

「ふうー」

深い息をする。ああ、生きていた、と思って、さらにそおっとタオルで拭っていると、また息をしていないような気がしてくる。

「大丈夫？」

と声をかける。息をしていないように思える。だが、

「ふうー」

とまた呼吸がある。あ、生きている、と思う。じっと顔を見る。しかし、呼吸と呼吸の間の時間が空いていく。そして、息をしなくなったように感じた。ああ、と思った。そっと手を握る。しばらく、頬を寄せる。それから、ナースステーションへ行く。

「あの、息が上手くできていないように見えるのですが」

近くにいた看護師に言う。すると、

「すぐに行きます」

さっと表情をこわばらせて看護師が出てきたので、一緒に病室へ戻る。別の看護師が医者を呼んだようだ。担当医は今日は休みのようで、初めて見る四十

代中頃の男性の医者が入ってきた。呼吸や眼球をチェックしたあと、

「このあと、どなたかいらっしゃいますか?」

と尋ねるので、

「実母が来ます。家が近いので、三十分ほどで来ると思います」

返答すると、

「それでは、お母様がいらっしゃってから、時間を見ましょう」

と言い残し、医者と看護師は病室を出ていった。

急いで妻の実家へ電話をかける。妻の母がすぐに出てきたが、寝ぼけているようだった。「急変したので、できるだけ早く病院へ戻ってきてください」と伝え、そのあと、元上司の携帯電話へもかけて同様のことを伝えた。個室では携帯電話の使用が許可されているので、それらの電話は妻のすぐ隣りでかけた。

息をしなくなっても耳だけは最後まで残る、という話を聞いたことがあった。

「大好きだよ」

小さな声で耳元に囁いてみた。キスをしようかな、と思ったが、看護師が入ってくるかもしれないと逡巡し、結局止めた。目が半分開いたままなので、妻

の母が来たらびっくりするだろうと思い、指の腹で撫でて、そっと閉じさせた。初めは汗だくなのかと思った妻の母の顔は、そうではなく涙をだらだらと流しているのだった。

「ごめんね。えらかったね」

頬を撫で、声をかけている。

先ほどの看護師が医者を連れてやって来た。

「十三時五十三分、お亡くなりになりました」

と死亡確認をし、すぐに出ていく。

個室なので、小さなソファがあり、そこに妻の母と並んで腰掛けた。元上司が来るまで、黙って座っていた。

妻の母は娘の死の瞬間に側にいたかったに違いない、と思えた。そのことが、とてつもなくずっしりと胸にせまってきた。

どうして会議を断らなかったのだろう。たいした会議ではなかった。いや、会社にとっては重要だったのかもしれないが、自分が必要とされるような会議ではなかった。あそこで、きっぱりと出席を断って、会社を出て病院に来ていれば、もっと早く様子がおかしいことに気がついて、妻の母に早く電話ができたかもしれない。

いや、そもそも、妻の母に、「交代しましょう」「お帰りください」などと、差し出がましいことを、安易に言わなければ良かった。

いろいろなことが頭を駆け巡った。

妻の母から、責められるのではないか、あるいは、死の瞬間がどんなだったか尋ねられるのではないか、と思ったが、そんなことはまったくなかった。

「本当にありがとうございました。娘は幸せだったと思います」

とだけ言われた。

元上司が到着すると、ばたばたと準備が始まった。看護師に浴衣に着せ替えてもらい、葬儀社へ電話をかける。ロッカーに仕舞ってあったものをスポーツバッグにまとめ、荷造りする。化粧水や乳液や櫛などはビジネスバッグへ仕舞う。しばらくすると葬儀社が現れて、妻を運び出した。葬儀担当者が家族を車に乗せていってくれると言い、先導しようとする。妻の母は、廊下でこちらを

振り返り、

「着せてあげたい服があるんです。この間、デパートでワンピースを買ったのよ。退院するときに着てもらえたらな、って考えて……。それを、持ってきてもいいかしら？　この季節にいいような、あの子に似合うようなのを選んだつもりなんだけど……。それとも、用意していたものがありましたか？」

と静かに言った。

「いいえ、あの……、お願いします」

本当は、菜の花模様のワンピースを着せたいと考えていた。すでに自宅の押し入れの中で探し当て、リビングのソファの上に、紙袋へ入れて用意してある。退院はもうできそうにない、死んだら着せよう、と思っていた。だが、その考えはすぐに引っ込んだ。妻の母の気持ちを優先したい、という思いの方が強くなった。

「その上に、エプロンと三角巾を着けてあげたいのだけど……」

と続ける。その発想はなかったので驚いた。

「あ、じゃあ、『パンばさみ』に寄って、持ってきます」

菜の花模様のワンピースを幸せの象徴のように捉えるのはこちらの感覚に過ぎなかった。過去に戻るような幸せの探し方をしてしまった。未来が見えないからといって過去を見るのは違った、と思った。

妻としょっちゅうデパートで買い物をしていた妻の母の方が、妻が今着たい服をわかるだろう。そうして、サンドウィッチを愛していた妻がエプロンと三角巾を身に着けたがるはずだ、と思ったらしい妻の母の顔をじっと見た。

妻の母と元上司に、葬儀担当者の車を譲った。葬儀担当者が実家経由で葬儀社に行ってくれることになった。服を取るために、妻の母と元上司は葬儀担当者の車で先に出た。

簡単な手続きをし、ひとりで病院を出るときに、

「山之内さん、ありがとうございました」

見送ってくれているおかっぱ頭の新米の看護師に頭を下げた。このところよく世話をしてくれていたので、名前を覚えていた。

おそらく、最後に吸引をしたので、責任を感じているのではないか。担当していたのに危ない状態だから家族に連絡をするという判断ができなかったこと

や、吸引で体力を使わせたかもしれないことを、悔やんでいるのではないか。そんなことを勝手に想像して、そうではないのだ、と伝えようとした。……いや、違う。本当の感情では、新米看護師の仕事の仕方にいらいらして、そこのところを責め立てたくなっていた。雑な吸引で体力を消耗させなければ、あとほんの少し長く、妻の母が来るまで体力が残るようにできたのではないか、と、つい思ってしまっていた。でも、妻なら責めないだろう、自信を持って仕事を続けて欲しいと伝えたがるだろう、と思った。

「パンばさみ」に寄ってエプロンと三角巾を持ち、タクシーで葬儀社に乗りつけると、

「少々お待ちください。今、お布団を準備しているところですので」

と待合室に案内された。妻の母と元上司はすでに到着していた。三人でお茶を飲みながら、しばらく待つ。妻の母にエプロンと三角巾を渡すと、エコバッグに仕舞っていた。二十分ほどしてから、

「準備が終わりましたので、こちらへいらっしゃってください」

と連れていかれる。まるで茶室のような、畳敷きの狭い部屋だ。葬儀担当者は三十歳前後と思われる好青年だった。部屋にはもうひとり、黒いスーツを着た三十代中頃の女性がいる。

「お化粧を担当させていただきます」

と頭を下げる。

「よろしくお願いします」

よくわからないまま、お辞儀を返す。

妻はふかふかの布団に寝かされ、顔には白い布が掛けられていた。

「失礼いたします」

葬儀担当者が妻に近づいた。

妻は、神妙な顔をされて、顔の側ににじり寄られ、頭を下げられて、顔に向かって手を合わせられている。線香まで供えられている。

つい数時間前まで、妻は誰にも手なんか合わせられていなかった。

だが、今はそんなことをされている。

それから、白い布を取られる。口をぽかんと開けている。驚くほど小さな顔だ。

「では、お近い方から」

と言われる。

近いってなんだろう、と思う。しかし、一般的な意味は大体わかるので、遠慮を示すために、畳を手で押して、少し下がる。

だが、

「どうぞ、お先に」

大きな体を同じように少し後ろに下げる。どうやら、配偶者は親より近いらしい。

どうしたらいいのだろう、妻に手を合わせるなんて、とてもできない。でも、みんなから待たれているのを感じるので、妻にいざり寄る。

顔を見て、やっぱり、頭を下げたくない、と強く思う。

片手を挙げたい。入院中はいつも、「来たよ」「来たか」と、片手を挙げ合ってきた。これまでずっと、「ただいま」「おかえり」「ありがとう」「悪いね」といった挨拶で、何度も片手を挙げ合ってきた。結婚後は、妻に頭を下げるなんて、一度もしたことがない。

十秒ほど固まっていたが、やらないわけにはいかないと諦め、軽く頭を下げた。違和感で胸がいっぱいになった。数時間前に顔を洗ってあげたときとはまったく違う。妻はもう顔を洗わないのだ。洗わなくてもいいような高貴な存在に急になった。神様に対峙するように、妻と向かい合っている。とても馴染めない。妻に向かってお辞儀をするなんて。

「……ありがとう」

なんとか無難な挨拶を絞り出し、先ほどの葬儀担当者を真似て手を合わせ、線香を供える。実にばかばかしかった。妻に線香をあげるなんてちゃんちゃら可笑しい。それでも、そうしなければことが進まない。膝で下がって、横を向いて頭を下げる。

「えらいな」

事務的な作業のような動きでお辞儀をする。手を合わせる。線香も供える。

「よく頑張ったねえ」

いつも通りに声をかけ、やはり顔に向かって頭を下げて、手を合わせる。

本当はこんなことしたくないだろうな、と横目で見る。年齢を重ねている分、生き死にの場面に立ち会った経験が多くあって、事務的に体を動かせるのだろうが、心の底ではやりたくなくてたまらないだろう。娘に頭を下げて手を合わせることになるなんて、想像だにしていなかったに違いない。

「このあと、湯灌(ゆかん)の儀式に入りまして、お着替えをさせていただきます」

葬儀担当者はきっちりとしたスーツ姿で、風格がある。若いが、こういう仕事の場数をたくさん踏んで、風格が出たのだろうか。

それにしても、儀式という言葉に引っかかる。風呂に入るのも儀式と言われるような神様っぽい存在になったのか。そういった疑問は妻の母も抱いたようで、

「湯灌?」

首を傾げる。

「湯灌と申しましても、それは儀式上の言葉でございまして、実際には、お体を拭かせていただく、というものになります」

神妙な顔で答える。

「お願いします」

元上司は、心中では様々な感情が巡っているはずだが、仕事のときと同じような態度を保っている。

「お洋服はどのようになさいますか？」

と聞かれる。

「あ、このワンピースと……。それから、その上にエプロンを……」

深緑色のシックなワンピースだった。半袖のところが少し膨らんでいて、スカートはすとんと落ちるデザインで、いかにも普段の妻が着そうなものだ。小さなひまわりの刺繡が衿のところに付いていた。

「承知いたしました。それから、包帯で口元を結ばせていただきます。どうしてもお口が開いてしまわれるようですから。時間が経ちますと固定されますので、包帯はのちほどお外しします」

と説明が続く。

「はい」

確かに、口が開いたままだとほうけているように見える。

「そのあと、こちらの者が、お化粧などをさせていただきたいと思っておりますが……」

と三十代中頃の女性の方に手を向ける。

「化粧？」

思わず聞き返す。

「お顔色を良く見せた方がよろしいかと……。もちろん、しない方がよろしければ、いたしません。お考えを尊重いたします」

化粧についての説明がある。

「この子は化粧をあんまりしなかったから、薄化粧でお願いします」

大きな体を少し前に出して、思い出すような顔をして言う。

「承知いたしました。自然な感じで、お顔色を良くする程度に、ということでよろしいでしょうか？」

か細い声の女性だ。

どうも、「他の人に顔をいじられるのは嫌だ」という心がある。最近は、眉をカットするのも、頬を剃るのも、化粧水や乳液を付けるのも、リップクリームを塗るのもやっていた。他の人に頼まなくても、こちらでできるのに……。

しかし、死んだあとの人間の顔がこのあとどのように変化するかについては無知だ。何か特別な薬品を塗る予定なのかもしれない。それに、他人ではなく家族が……、とおごるのはもう止めたのだった。我慢しようと思う。それでも、

「あの、今、化粧水と乳液とクリームを塗ってやってもいいでしょうか？　いつもやっていたので……」

最後になるはずなので、駄目元で言ってみる。

「そうですか。もちろんです。どうぞ」

と言ってもらえたので、ビジネスバッグから化粧水と乳液とクリームを出し、頬やおでこに塗る。妻の母や元上司の前なので手が震える。しかし、

「……髪の毛も編んでいいでしょうか？」

さらに勇気を出し、おずおずと言ってみた。

「はい。ご家族がされるのが一番だと思います。少しきつめに編んでいただけましたら……。まだ髪が少しお伸びになると思いますので……」

と言うので、やはりビジネスバッグから櫛とピンとゴムを取り出し、もたも

た髪を編んだ。

「この上に三角巾を結んでいただきたいのですが……」

エコバッグから三角巾を取り出して、渡している。

「承知いたしました。包帯を外したあとにお結びします。では、その間に待合室の方で葬儀についてのご説明をさせていただきたいと思います」

化粧担当者を残して退出し、待合室に戻る。妻の母と元上司と三人で並んで座る。

葬儀担当者がパンフレットや書類の束を抱えて入ってきて、宗教をどうするか、式場をどうするか、といろいろ尋ね始めた。

「決めてください、喪主なんだから……。何か、考えがあるでしょう?」

首元に締めているのは、黄色いネクタイだ。

「あの、……何か、お考えはございませんでしょうか?」

考えなどまるでないので、投げ返してみる。

「すべて任せるよ」

と言われる。その隣りで、

「お任せします。……でも、ここの系列の葬儀場の方がいいのかしら？」

と首を傾げる。

「こちらの葬儀場もございます。しかし、公営のところの方が予算を抑えられるかもしれません」

丁寧に説明を始める。急かして決めさせようとする雰囲気はない。

とはいえ、進めないわけにはいかないので、なんの方針も立てないまま、なんとなくの気持ちで式場や日程を決めていった。本当はサンドウィッチを振る舞うような、本人らしい葬儀ができればいいかもしれない。だが、妻のようなサンドウィッチは作れないし、妻みたいにサービスする自信もないので、無理はしないことにした。

「花は、あいつは黄色い花が好きだったから、黄色い花がいいような気もするな」

太い腕を組み、ぼんやりとした声で言う。

「白やピンクも混ぜましょうか？」

と提案される。

「黄色一色にもできますか？」

と尋ねてみた。

「かしこまりました」

と頷く。

湯灌が済んだ。ワンピースとエプロンを着せられ、包帯で顔を巻かれているのを見た。包帯は顎を引き上げるように巻かれ、頭頂で結ばれている。おたふく風邪のようだ。

施されたのは「薄化粧」なのかもしれないが、記憶にある顔とは違っていて、美人風になっている。上手い「薄化粧」は、普通の化粧以上に、顔を変えるのかもしれない。美しくなって欲しいという気持ちがなかったので、どうしてもショックを覚える。妻自身も、美しくなりたいという欲望は持っていなかったように思う。好きな服を着たり好きな髪型にしたりはしていたが、決して美人風になろうと努めてはいなかった。おしゃれは美人という方角に向かって行われるとは限らない。人と会うことは好きだったが、写真は嫌っていて、旅先でもほとんど撮ったことがなかった。これから家に帰って遺影になるものを探すつもりだが、なかなか見つからないだろう。人に応対することに楽しさを感じていたようだが、自身の顔立ちには頓着していなかった。美人に仕立て上げられるのは、むしろ嫌だろう。しかし、化粧担当の方が一所懸命に「きれいにしよう」と頑張ってくれたのが伝わってくるので、なんにも言えない。

ただ、心の中で、「どんどん遠くなるなあ」と思う。妻ではないような存在になっていく。離れていく。

病院で、キスぐらいすれば良かった、と後悔する。あのときでも、あのときでも、あのときでも、死ぬ前でも、死んだあとでも、こっそりやろうと思えばできた、といろいろなシーンを思い出す。

棺に収め、安置室へ移動される。

また、線香だ。棺についている窓を開けると、透明なアクリル越しに顔が見える。その顔に向かってお辞儀をし、線香を供える。最初のときほど抵抗を感じない。少しずつ慣れてきた。慣れてくることが悲しい。

葬儀場の空いている日にちが近々になかったので三日後の夕方に通夜が、四日後の昼に告別式が営まれることになった。そのため、妻の周りにはドライアイスが詰められた。

葬儀社をあとにし、妻の母と元上司と別れた。駅に向かう歩道橋の上から電話をかけ、会社へ忌引きを願い出ると、

「大変だったね。お悔やみ申し上げるよ。ともあれ、受付とか雑用とか、人手がいるだろう？　何人でも出すから、日程と場所を教えてくれないか？　会社から、花を贈ることにもなるだろう。花を贈りたいと言ってくる会社は他にもあるだろうから、こちらから方々へ連絡をしておくよ。そういった情報が書かれた紙があったら、スキャンしてこちらへ送ってくれないかな？」

部長は言った。

「どうもありがとうございます。でも、お気遣いには及びません。大きな葬儀にはできないですし……。受付等のことも、お気持ちだけいただきます。こちらでなんとかできそうなので……」

と答えて、電話を切った。

受付などをやってくれる人に当てがあるわけではなかった。だが、会社に頼むのは違うと感じた。

妻は生命保険会社の仕事を応援してくれてはいたが、決して「生命保険会社社員の妻」として生きた人ではなかった。生命保険会社の仕事は、上司や同僚や部下、そして、お客さんと共に行ってきたことで、妻には関係がない。「妻と一緒に仕事をしている」という風には考えたことがない。

たとえば、こちらが死んだときに、妻のサンドウィッチ屋の関係者ばかりに葬儀を手伝ってもらい、サンドウィッチ屋関係の方々からもらう花輪で囲まれたとしたら……。もちろん、ありがたいことだとは思う。だが、「サンドウィッチ屋の夫」という存在に甘んずることができるかどうか、自信がない。

妻だって、そうなのではないだろうか。妻が会ったことのないこちらの仕事関係者たちに、妻に関することを頼んだら、妻の存在があまりに軽くなってしまうような気がした。

「双子屋」や「小林農園」、サンドウィッチ屋関係のその他の取引先、常連さん、妻の友人等にも電話連絡をした。お見舞いに訪れてくれた人もいるので、大体の連絡先や顔がわかった。それから、躊躇しつつも、妻の携帯を見た。妻との会話の中で聞いたことがある人には連絡したが、聞いたことのない名前もたくさん登録されていたので、漏れた人もいるだろう。しかし、仕方がないと思うことにした。

受付は「双子屋」とその関係者、それから「小林農園」の人たちが手伝ってくれることになった。

その他の取引先や、妻の友人たちも「なんでも手伝います」と言ってくれたので、何か人に頼みたいことができたら、やはり妻の仕事関係者や妻の友人たちにお願いすることにする。

三日の間、毎日、葬儀社へ線香をあげに行った。棺の扉を開け、アクリルの窓越しに顔を見た。すると、少しずつ変わってきた。人形じみてきたのだ。丁寧にエンゼルケアをしてくれたのだろう。化粧だけでなく、何かを詰められたり、何かを塗られたりしたらしい。工夫によって、時間の経過で汚らしくならない仕様になっている。汚くならず、どんどん美人になっていく。だが、妻は美人になどなりたくないだろうし、こちらもなって欲しくない。ちらりと見るだけで、長くは見続けないようにした。日に日に、顔が嫌になった。そして、他人に顔を見せるのも避けたくなってきた。

よく通夜で、

「顔を見てやってください」

とサービスのように来る人来る人に見せるシーンがある。

あれはくだらない。

妻は、生きているときは人に会うことを喜んでいた。

それは、きっと、喋ったり表情を変えたりすることでコミュニケーションが取れたからだ。

顔立ちを「きれいね」と言われて喜ぶたちではないのだから、いくら美人になっても、ただ目を閉じている顔を他人に見てもらいたいと妻が願うとは思えない。

有名人の死に関する報道では、遺体の顔がどんなだったか、ということがよく語られる。「美しかった」「まるで眠っているようだった」などといった言葉が並ぶ。だが、死に顔が、そんなに大事だろうか。

顔は人間のごく一部だ。女優でもモデルでもない妻が、顔で死を表現する必要なんてないだろう。

考えれば考えるほど、顔が嫌になってくる。

顔を見たくない、見せたくない。そう思ってしまう。

妻の母と元上司に、そのことを思っている通りに伝えた。すると、やりたいようにやってくれて構わない、とあっさり言ってくれた。そこで、顔を見せないやり方で式を行うことに決めた。

もしも、どうしても見たいという人がいたら、見せざるを得ないだろう。だが、頼まれない限り、こちらから見せようとすることはせず、見るのが礼儀だという雰囲気も出さないようにする。遺影もなしにする。

通夜当日、式場へ行くと、棺の上は黄色い花で覆われていたものの、その横に白やピンクの立派な花輪がずらりと飾ってあった。黄色は目立たなくなっていた。

花輪は、ほとんどが生命保険会社や生命保険会社の関連会社、生命保険会社の下請け会社、生命保険会社の取引先の会社から贈られたものだった。〇〇生命、〇〇保険代理店、〇〇火災、……保険関係の社名がずらりと並んでいる。サンドウィッチ屋関係からのものも届いていたが、数が少なく、どれも小さめの花輪だったこともあり、目立たない。位置を替えてもらって、サンドウィッチ屋関係の花を中心に寄せ、保険会社関係を離して遠くに並べ、サンドウィッチ屋をできるだけ目立たせるように努めてみたが、どうしても華やかで数の多い保険関係の花の方が印象が強くなってしまう。どうにかならないだろうか、と思ったが、喪主の仕事は他にもいろいろとあり、ばたばた過ごしていると時間が迫ってきた。

通夜には、妻の仕事関係者や友人たちの訪れがあった。だが、その倍以上の数の生命保険会社の関係者が来た。元上司の同僚と部下、こちらの上司と同僚と部下。妻に会ったことのないこれらの人々は、「父の娘」「夫の妻」という、個性のない存在に焼香していた。

お辞儀をし続け、喪主挨拶を行い、式を終えたあと、食事の場へ行き、残っていた弔問客と話をした。死に際について尋ねられるのではないか、とどきどきしていたが、多くの人が、死因や細かいことを聞かず、本人の仕事ぶりや人柄についての話題、あるいは関係のない雑談を振ってきた。

でも、中には病名や闘病期間を尋ねてくる人もいた。

「早期発見は難しかったんですか？」

「手術はできなかったんですか？」

「余命は宣告されていたんですか？」

といった質問が出てくる。

いらいらするのはこちらの感受性の問題だ。わかっている。わかっているのだが、どんどん心がささくれ立っていく。

人間は常に物語を求めていて、ある事柄とある事柄を繋げようとする。「罪の報いとしてがんになった」、あるいは、「悪いことをしていないのにがんになってしまった」。「余命○ヶ月と言われていたのにそれ以上に生きられた」、あるいは、「余命○年と言われていたのに、あっという間だった」。「人間ドックを受けていないからがんになった」、あるいは、「人間ドックを受けていたのにがんになってしまった」。

どんな線だっていいのだ。点と点の間に線が引けたときに、誰もが喜びの表情を浮かべる。

早期発見をして手術を行うことが望ましい。それができなかった理由を物語として聞きたい、という欲求が世間に溢れているのを感じる。がん細胞が生まれた部位によっては早期発見がとても難しい、ということはよく知られている。しかし、それでも運が良ければ早期発見も可能だったわけで、最善の経過を辿ったとはこちらも思っていない。それを後悔しているかと問われると、悔いている心は確かにあるとしか答えようがないのだが、それでも反駁したい。最善の道を辿っていないとはいえ、何が最善だったのか未だわからないし、誰も最善の道を知らないだろうし、最善の道を歩かなくて何が悪い。自分たちは、他の誰とも違う、自分たちだけの道を歩いたのだ。

こちらはもちろん、人間ドックを定期的に受けることや、体に違和感を覚えたときはすぐに受診することを他人に勧めたいという気持ちを持っている。でも、それのみを言葉にすることに抵抗がある。人間ドックを受けた方がいい。だが、妻は人間ドックを受けなかったから死んだわけではない。

人間ドックを受けていてもがんになる人はなる。だから、「人間ドックを受けていれば避けられたのに、そうではなかったからこのような物語を紡いだ」と捉えられると、「そうじゃない」と首を振りたくなるのだ。

「早期発見は難しかったんですか？」

「手術はできなかったんですか？」

「余命は宣告されていたんですか？」

そういった問いを耳にするとき、他人の物語を押しつけられた、と感じる。妻は妻だけの物語を生きていた。しかし、妻自身が紡いだ物語とは別の一般的な物語によって、妻の終末が他人に認識されていく。すると、指と指の間からスライム的なものがだらだらと落ちていくような感覚を味わう。

「若いのにがんになった」「若いから進行が速かった」。「食事に気をつけていたのにがんになった」「暴飲暴食をしていたからがんになった」。

こちらとしては、そういうフレーズを使いたくないし、聞きたくもない。

年齢がどうであろうが、食事に気を遣っていようが、がんを患う人は患う。年齢が高くなるほど罹患（りかん）する人のパーセンテージが上がるとはいえ、若い人にも子どもにも、がん患者はいる。好きなものを食べて長生きする人もいれば、がんを予防すると言われる食材や調理法を試し、オーガニック食品を好んで口にしてきてがんになる人もいる。別に、くじ引きをしたわけではない。妻には妻の道の他は選びようがなかったし、妻の道しか歩けなかった。他の人の歩く道を選ぶことはできなかった。

「やっぱり、パンは怖いね」

と言う人もいた。サンドウィッチ屋をやっていたことを記憶してもらえていた、ということに感謝すべきなのかもしれない。

「これからはパンを止めてごはんにして、和食を心がけるようにしようと夫と話し合っているのよ。あと、炭水化物より野菜やタンパク質中心の食事よね。検診も受けるようにしようと思って」

という話を聞き、

「そうですか。どうか、お体大事になさってください」

と頭を下げる。

悪気のない科白だ、と思う。他人にとって妻の死がなんらかのきっかけになることを妻自身は喜ぶかもしれない、とも考える。

しかし、心が追いつかず、いらいらして、手が震えてくる。

反面教師にしてもらうことに死に甲斐を求めろと言うのか。

「それにしても、とてもきれいな方でしたね。四十代なんて、女として、これからってときですよね。それに、お優しくって。美人で優しい奥様がこんなに早く亡くなるなんて、信じられませんよね。本当におつらいでしょうね。お力落としのないように」

そう挨拶して去っていく。

美人で優しいと褒めてもらったら、仕事のことを悪く言われても、女性だから喜ばなければならないのだろうか。妻が命をかけて愛し抜いたパンを悪者にされても、女性だからにこにこしなければならないのか。

「どのくらい入院なさっていたの？」

という質問にさえ、こちらは勝手に傷ついてしまう。病気に対する興味が抑えられない、という相手の興奮が読み取れる。

死を避けるためのサンプル提示を求められているような気がする。

確かに、死なないように努力するのは素晴らしいことだろう。

しかし、何をしたって死は避けられない。いつかは、絶対に死ぬ。誰もが死ぬ。

自分も死ぬ。死因は、妻と同じがんがいいと思い始めている。

死ぬための準備期間のあるがんという病気に、妻のおかげで明るいイメージを持てるようになった。

がんは、それほど悪い死に方ではない。

「避けるべきことだ」と定義づけないでもらいたい。死んだあとだって、明るい方を見ていたいのだ。

「保険はかけていたんですか？」

という問いも何人かから投げられた。こちらが生命保険会社の社員だからだ。がん保険にも入院保険にも入っていた。

「お金は人を助けますからね」

その通りだ。成熟した社会においては親戚間だけでなく他人同士も金で助け合う。自分の仕事に誇りを持っている。

ただ、妻は生命保険会社の社員ではなかったし、こちらとは別の人間だった。

式場へ戻り、保険会社関係から贈られた花はすべて撤去し、別室へ隠した。告別式は、サンドウィッチ屋関係からもらった花のみを祭壇の周りに飾ることにする。妻の仕事を尊重したい。

帰り道、夜空を見上げると三日月が浮かんでいた。つやつやのクロワッサンと、爪切りのビニールテープにくっ付いていたかさかさの爪くずが、月に重なった。

翌日は告別式だった。やることは通夜とほとんど同じだ。弔問客にお辞儀をし続ける。通夜と同じように、保険会社社員やその関係者が大勢来てくれたが、誰も花がないことに気がつかない。当たり前だ。総務部が手配している花のことを、いちいち気にする社員などいない。

棺に花を詰める作業は、別室で行った。それから、火葬場へ移動して骨にした。骨になってしまうと、諦めがついた。

二人ひと組で骨を拾い、骨壺に入れる。拾い切れなかった残りの骨は火葬場の職員がざっと骨壺へ移し、そのままの形だと骨壺にすべての骨が入り切らないということを丁寧に説明したあと、ぎしっぎしっと音をさせながら上から押さえつけ、砕いて詰めた。大変な仕事だな、と見守った。

骨壺に手を合わせ、ですます調で話しかけた。

「十五年間、身に余る楽しい生活を送れました。ありがとうございました。これから、周りにいる人たちを支えていけるよう頑張ります。いつか、そちらへ行きます。がんがいいな、と思っています。立派な終わり方でしたね」

妻は、より神に近づいた。

ですます調で話しかけたのは、十六年前以来のことだ。出会ったときは丁寧語を使った。しかし、すぐに関係が近づいて、数ヶ月でタメ口になった。

そういえば、子どもの頃、仏壇や墓で祖父や祖母に手を合わせるとき、ですます調で背が伸びたことや学校の成績などの近況報告をし、「見守ってください」だの「受験に受かるようにお助けください」だのと、願いごとまでしていた。

死んで四日で、早くも妻の存在がそれっぽくなりつつある。

妻との間が急速に離れていく。

ほんの少し前まで、爪も切ってあげ、耳かきもしてあげていたのに、もう神だ。遠い存在だ。

ときどき、「遠くにいる人のことも、心で近くに感じればいい」という類の科白を耳にする。だが、なぜ近くに感じる必要があるのだろう。

近いことが素晴らしく、遠いことは悲しいなんて、思い込みかもしれない。

今は、離れることを嫌だと感じている。でも、嫌でなくなるときが、いつか来る。そんな予感がする。その予感が流れてくる方向に視線を遣ると、僅かな光がこぼれていた。

それからはほとんど毎夜、妻の夢を見た。人形のように小さくなった妻がいる。片手で抱きかかえられるような存在だ。でも、喋っている。

「やっぱり、家に帰ろう」

そう言って、ひまわりの咲き乱れる畑の真ん中の、とても細い道を葉っぱを掻き分けながら歩いていく。小さいので、ほんの少しずつしか進んでいない。ああ、やっぱり生きていたんだ。死んだと勘違いしていた、と思いながら、後ろから追いかけていく。

「病気だと思っていたんだ」

声をかけると、

「病気なんかじゃないよ」

くるりと振り返る。

別の夜の夢では、大きさは通常のサイズだが、マカロニのような管が体にたくさん付いていた。

「スープなら食べられる」

と言うので、鍋いっぱいのコーンクリームスープを作り、妻に食べさせる。寸胴になみなみと入っているものをティースプーンで掬ってマカロニのような管の口に注ぐので、大変な労働だ。こくりとマカロニを動かして飲み込むのを見る。

「おいしい？」

と尋ねると、

「おいしい」

と頷く。

夢は病気のイメージに繋がるようなものばかりで、毎晩だった。

しかし、半年を過ぎた頃に、夢を見るのが毎日ではなくなった。

二、三日置きになり、一週間に一度になった。
一年が経つと、夢に出てくる妻は昔の姿になった。元気に料理をしていた頃の妻だ。

三十代と思われる頬がふっくらとした妻が、まだぴかぴかの内装の「パンばさみ」で、食パンの耳を切り落としている。

あるいは二十代のときに旅した熱海の旅館で、布団の上をぐるぐる転げ回ってはしゃいでいる。

マンション購入前に住んでいた、安アパートが舞台のこともある。

菜の花模様のワンピースを着ていることもあった。

病気の影は失せ、元気な姿ばかりを見せてくるようになった。

離れ続けているのだ、と思った。妻が死んだときに距離の開きが決定したのではなくて、死後も関係が動いている。

月命日に、妻の母と元上司に会ってきた。あのあと、驚くような勢いでがりがりに痩せ細った妻の母だったが、最近は少しずつまた太り始めた。

「泊まらなくていいと言われてショックだったでしょ？　でも、あれはたぶんね、恥ずかしかったんですよ。お尻に薬を塗られたり、変な格好させられたりするのを、見られたくなかったんでしょうね」

そんなことを穏やかに話してくれた日もあった。

死の瞬間を妻の母に見せられなかったことで、今でもふいに後悔の気持ちが湧いてくる。だが、冷静に考えるときは、死の瞬間を特別視する必要はない、とやはり思う。

妻自身、あのとき、それを特別な時間だとは捉えていなかったような気がする。もうじき死ぬとは思っていたらしかったが、この瞬間に死ぬという認識はなかった風に見えた。X時Y分に死ぬというのは医学における話にすぎないのだから、医学の世界で生きていないこちらがその時間を認識する必要などない。

一年が過ぎ、墓を建てて納骨し、どんどん妻と離れていく。

「そちらはいかがですか？　おいしいものを召し上がっていますか？　サンドウィッチを作っていらっしゃいますか？　いつかそちらへ参ります。そのときはサンドウィッチをごちそうしてください」

墓の前で手を合わせると、尊敬語も謙譲語も出てくる。

出会ってから急速に近づいて、敬語を使わなくなり、ざっくばらんな言葉で会話し始めたとき、妻との間が縮まったように感じられて嬉しかった。でも、関係が遠くなるのもまた嬉しい。

淡いのも濃いのも近いのも遠いのも、すべての関係が光っている。遠くても、関係さえあればいい。

離れよう、離れようとする動きが、明るい線を描いていく。

〈参考文献〉

岸本寛史『緩和ケアという物語　正しい説明という暴力』（創元社）
Rita Charon 著・斎藤清二他訳『ナラティブ・メディスン　物語能力が医療を変える』（医学書院）
池田心豪『サラリーマン介護　働きながら介護するために知っておくこと』（法研）

解説　固有の物語を丁寧に紡ぐ小説

豊﨑由美

「ニューズウィーク日本版」のサイトで「31カ国、16万人を対象に行われた調査で、16歳の時に家に本が何冊あったかが、大人になってからの読み書き能力、数学の基礎知識、ITスキルの高さに比例することが明らかになった」という記事（二〇一八年十月十八日）を読んで、ある種のデータは〝呪い〟になるのになあと思ってしまった。家に本がなくても図書館や読書好きの友人から借りて読む子もいれば、家に万巻の書がありながら一顧(いっこ)だにしない子だっている。一人ひとりの子ども、すべてにそれぞれの事情があり、それぞれの本との関わり方がある。でも、データはそんなことを考慮してはくれない。

果から因という応報の物語を紡ぎだし、因から果という呪いの物語をひねり出す。人間はどんなことにも物語を見いだし、しかし、その多くがステレオタイプであることに気づかないまま受け入れてしまいがちな生きものだ。そんな自覚があるから、わたしは小説を手に取る。世間一般のマスの感覚だけを頼りにしたありきたりな物語ではなく、登場人物に固有の物語を丁寧に描く小説を、読む。その一冊が、山崎ナオコーラの『美しい距離』なのである。

視点人物は、生命保険会社営業教育部で後進の育成にあたっている四十過ぎの男性。彼には同じ年の妻がいて、〈子どもには恵まれなかったが、楽しく十五年間を送ってきた〉という自覚がある。その妻が末期がんで入院しているため、会社に事情を話し、午前中のみの時短勤務にしてもらって看病をしている夫の目と心を通し、闘病にともなうありきたりで古い物語から、固有の生と固有の死を救い出す新しい物語になっているのだ。

〈「来たよ」

カーテンから覗いて、片手を挙げる。

「来たか」

笑って片手を挙げる〉

毎日の看病の中で、本当はもっと世話をしてやりたい。洗顔だって〈きちんと洗えていないように見えるので、やってあげたくなる。だが、自分でできることは自分でやりたいはずだ。ぐっと我慢する〉。妻の性分を理解している夫は、決して自分本位に動いたりはしない。〈爪も切ってあげたい〉と思っていて、前からビジネスバッグの中に道具を入れてあるのだけれど、〈しかし、「爪を切ってあげようか」のひと言がなかなか難しい。甘い響きが出てしまったら気恥ずかしいし……〉で、言い出せない。読んでいて切なくなるほどの気配りの人である夫は、だから、病気にまつわるありがちゆえに無神経な言葉や対応に違和感を覚えもする。

　患者に余命を宣告することで始まる医者側の物語。世の中に溢れている〈Xパーセントの人がY年後にこうなる〉といった予後の物語。「若いのに、なぜ」「たばこを吸っていないのに、なぜ」といった、発病をめぐる理由探しの物語。要介護認定調査員によるプロゆえの経験則から陥りがちな、決めつけの物語。妻の闘病――この「闘病」という言葉だって実はクリシェで、病と闘うだけが病名がわかって以降の患者の在り方ではないことも、この小説は伝えてくれている――をきっかけに出くわすことになる、そうしたステレオタイプの物語に対し波立つ夫の内面を、作者は丁寧に丁寧に拾って描いていくのだ。

〈(早期発見できなかったこと)を後悔しているかと問われると、悔いている心は確かにあるとしか答えようがないのだが、それでも反駁したい。最善の道を辿っていないとはいえ、何が最善だったのか未だわからないし、誰も最善の道を知らないだろうし、最善の道を歩かなくて何が悪い。自分たちは、他の誰とも違う、自分たちだけの道を歩いたのだ〉という、近しい人を大病で失ったことがある者なら激しく首肯するにちがいない思いを、この小説は、細部をおろそかにしない、繊細かつ静かでありながら力強い筆致で伝えるのだ。

　病と死を扱えば、家族や近しい者たちのうちに完結させてしまいがちな物語を、社会とつなげているのも、この小説の素晴らしさだ。

〈仕事は死ぬまで忘れるつもりないし。というか、死んだあとも、仕事のことは考えるから。あのさ、死ぬ人って、死ぬ直前や死んだあとに家族のことを考えている、ってみんなから思われがちだよね？　ほら、幽霊とかさ。ご先祖様的な奴って、家族にこだわってる感じあるじゃない？　仕事のことは死ぬ直前や死んだあとは考えなくなるって思われがちなのは、なんでだろう？〉

　十三年間、サンドウィッチ屋さんを営んできて、病床でもノートに新しい商品のアイデアを書き溜め、仕事関係の見舞客とその話に興じる妻にとっての、社会人としての世界との関わりがどんなに大事なものであるのかも、作者はきちんと描いていく。妻の思いをよく知る夫は、だから、〈配偶者というのは、相手を独占できる者ではなくて、相手の社会を信じる者のことなのだ〉と考え、葬儀にあたっても、自分が勤めている会社からの手伝いの申し出は断り、妻の友人知人に受付などをお願いする。「父の娘」でもなければ、「夫の妻」でもない。大学を出て以来、社会人としての人生を大切にしてきたパートナーの固有性に、語り手はこだわるのだ。

そんな、常に妻の気持ちを慮り（おもんぱかり）、世間が押しつけてくる物語を慎重に吟味し拒絶することができる、理知的で思いやり深い夫が唯一エゴを垣間見せる場面が、わたしは好きだ。

〈こんな風に、こまごまと妻の世話をしていると、横隔膜の裏の裏辺りからふつふつと喜びが湧いてくる。妻にとっては苦しく恥ずかしい時期かもしれないが、こちらにとっての今は、幸せな時間だ。こんな日々がずっと続けばいいのに、とつい願ってしまう。このままずっと、病院で看病をしながら、永遠の時間を過ごせたら良いのに〉

妻が拒否している延命治療をめぐっての医師とのやりとりの中、〈死の瞬間を、大事な時間のように捉えたくない。死の瞬間なんて重要視していない、それのために見舞いに来ているのではない、今のこの瞬間のために見舞っているのだ、と医者にもみんなにも声高に訴えたい〉と心の中で叫ぶ夫が夢見る〈永遠の時間〉を、一体誰が責められるというのだろう。

また、もしかすると、語り手にとっての義父が、妻とは友だち親子である義母とちがって見舞いに来ないことを不審に思う読者がいるかもしれないが、わたしはこの父親の不在についても、書かれていないからこそ胸が締めつけられた。妻の父は、冷たいんじゃない。堪えられないのだ、一人娘が衰えていく姿を見るのが。それがわかっているから、妻は見舞いに来た母親に〈ありがとう、いそがしい中。それじゃ、よろしく伝えてね〉と、「わたしは大丈夫だよ」という気持ちを伝言しているのだ。小説は書かれた言葉だけで成り立っているのではない。書かれていないことにも語らせる力を持った小説こそが、いい小説なのだと、わたしは思う。

妻との間の、出会った日から近づいていった距離。どう看病すればいいか迷うたびに少し離れたって、思いきって爪を切らせてもらえば、〈ぷちんぷちんという音に夢中になる。ぎょっとするほど楽しい。この愉悦はなんだろう。好きな人の爪を切るというのは、こんなにも面白いことだったのか〉と、すぐに縮まる距離。「来たよ」「来たか」と片手を挙げあっていたのに、頭を下げて手を合わせなくてはならない、〈神様に対峙するように〉向かい合わなくてはならない存在になってしまった妻との距離。死後の時間が進むにつれ、離れていく一方に感じられる距離。でも――。

〈近いことが素晴らしく、遠いことは悲しいなんて、思い込みかもしれない。今は、離れることを嫌だと感じている。でも、嫌でなくなるときが、いつか来る。そんな予感がする。その予感が流れてくる方向に視線を遣ると、僅かな光がこぼれていた〉

人との距離は、生きている間だけでなく、たとえ相手が死んだ後でも動き続ける。それが、人と人をつなぐ〝美しい距離〟なのだ。動き続ける関係こそが愛なのだということを伝えて胸を打つ。

最後に、わたしの目から一枚うろこを落としてくれた文章を紹介して、拙い解説を終わりたい。

〈自分も死ぬ。死因は、妻と同じがんがいいと思い始めている。死ぬための準備期間のあるがんという病気に、妻のおかげで明るいイメージを持てるようになった。

がんは、それほど悪い死に方ではない〉

『美しい距離』を読み終えた時、肺に転移したがんで亡くなる間際までゲラを手放さなかった友人編集者の、「よく生きました」としか言いようのない最期を思い出しながら、少し遠くなっていた彼女との距離がまた近くなったことに気づいて嬉しくなった。その距離がこれからも変化し続けることを、この小説に教えてもらった。そして、がんで死ぬことを肯定できる自分に変わっていた。

いい小説が備えている美点のひとつに、読む前にはなかったものの見方を与えてくれるという効能がある。『美しい距離』はその見本のような素晴らしい小説だ。いずれ必ず、その人固有の死を迎えるわたしたちすべての人間にとっての、素晴らしい小説なのだ。

（書評家）

〈初出〉「文學界」二〇一六年三月号
〈単行本〉二〇一六年七月　文藝春秋刊

イラスト　中上あゆみ
デザイン　大久保明子

文春文庫

美しい距離（うつくしいきょり）

定価はカバーに
表示してあります

2020年1月10日　第1刷

著　者　山崎（やまざき）ナオコーラ
発行者　花田朋子
発行所　株式会社　文藝春秋

東京都千代田区紀尾井町 3-23　〒102-8008
TEL　03・3265・1211㈹
文藝春秋ホームページ　http://www.bunshun.co.jp
落丁、乱丁本は、お手数ですが小社製作部宛お送り下さい。送料小社負担でお取替致します。

印刷・大日本印刷　製本・加藤製本

Printed in Japan
ISBN978-4-16-791426-4

文春文庫　最新刊

初午祝言（はつうましゅうげん） 新・居眠り磐音　佐伯泰英
磐音をめぐる人々の大切な一日。令和初の書き下ろし

終りなき夜に生れつく　恩田陸
殺人者たちの凄絶な過去…『夜の底は柔らかな幻』番外編

怪盗 桐山の藤兵衛の正体 八州廻り桑山十兵衛　佐藤雅美
行方知れずの盗賊が再び動き始めた！ シリーズ最新刊

七丁目まで空が象色　似鳥鶏
なぜ象は脱走したのか？ 異色の動物園ミステリー第五弾

浮遊霊ブラジル　津村記久子
人に憑依して世界を巡る私。紫式部文学賞受賞の短編集

殺し屋、やってます。　石持浅海
「殺し一件、六五〇万円」の殺し屋が日常の謎を大胆推理

カブールの園　宮内悠介
カリフォルニアで働く日系三世女性の物語。三島賞受賞

サイレンス　秋吉理香子
婚約者と故郷の島を訪れた深雪。運命の歯車が狂い出す

番犬は庭を守る　岩井俊二
原発事故が多発する国…受難続きの青年の波乱万丈人生

美しい距離　山崎ナオコーラ
がん患者が最期まで社会人でいられるかを問う病院小説

世襲人事　高杉良
生命保険会社に新風を吹き込む若き取締役を襲った悲劇

荒海ノ津（あらうみのつ） 居眠り磐音（二十二）決定版　佐伯泰英
博多を訪れた磐音は武芸者に囲まれた男女を助けるが…

万両ノ雪（まんりょうのゆき） 居眠り磐音（二十三）決定版　佐伯泰英
磐音不在の中、南町奉行所の笹塚は島抜けした賊を追う

孟夏の太陽〈新装版〉　宮城谷昌光
古代中国・晋で宰相を務めた趙一族の盛衰を描いた長編

運命の絵　中野京子
〝運命〟をキーワードに、名画に潜むドラマを読み解く

覗くモーテル 観察日誌　ゲイ・タリーズ　白石朗訳
屋根裏の覗き穴から宿泊客の性行為を観察した衝撃記録

風柳荘のアン（ウィンディ・ウィローズ） 第四巻　L・M・モンゴメリ　松本侑子訳
美しい島で校長となり婚約者に恋文を送る。初の全文訳